序　言

　　ICRT 是台灣唯一的全天候英文廣播電台，爲了使讀者聽懂 ICRT 播報的每個字，我們決定重新出版「**ICRT 實況字彙**」。書中首先說明 ICRT 的字彙特色與發音，然後再分別介紹不同領域的實用字彙，提高識字率，以帶領讀者深入了解 ICRT 生動有趣的廣播世界。

　　ICRT 廣播内容主要分爲兩大類，即新聞報導與音樂性節目。近年 ICRT 調整節目比例，以音樂性節目與播放音樂佔最大宗，因此本書將介紹各個音樂性節目的特色，並針對音樂節目實用字彙與 DJ 常用語，做詳細的說明，使聽衆在欣賞音樂之餘，還能理解 DJ 的實況播報。

　　ICRT 的新聞報導，是訓練聽力的最佳方式，新聞字彙範圍甚廣，難度也較高，因此，本書將新聞報導區分爲政治、商業、社會、體育及氣象報告五大類，先闡明各類新聞的播報特色，再列出電腦統計出現頻率最高的常用字和實況例句，循序漸進，必能幫助讀者突破收聽障礙。

　　每一章節精選該類新聞實況播報，並請專業播音員錄音，依照正常的語速播報。讀者不妨在背誦完前兩節的單字後，播放 mp3，測驗自己能不能聽懂整段報導，聽完後再閱讀實況播報的内容，反覆練習，慢慢地就能抓住 ICRT 的播報速度和重點。

　　本書之所以完成，要感謝王淑平小姐、鍾莉菲小姐，及謝靜芳老師大力協助。我們在編校製作過程中，均力求嚴謹，但仍恐有疏漏之處，盼各界先進不吝批評指正。

編者　謹識

CONTENTS

ICRT 節目表

	Sun	Mon	Tue	Wed	Thu	Fri	Sat
0:00	Music Talks	Music Talks	Total Impact	Total Impact	Total Impact	Total Impact	Total Impact
1:00							Music Talks
2:00			Music Talks	Music Talks	Music Talks	Music Talks	
3:00							
4:00							
5:00							
6:00	Asia Nation	BBC NEWS	BBC NEWS	BBC NEWS	BBC NEWS	BBC NEWS	
7:00		Music Punch	Music Punch	Music Punch	Music Punch	Music Punch	Room Service
8:00							
9:00							
10:00	Pop Express	Metro 101	Metro 101	Metro 101	Metro 101	Metro 101	Pop Express
11:00							
12:00							
13:00	ICRT Top 10 (Repeat)	T Time	T Time	T Time	T Time	T Time	Top of the Pops
14:00	Weekend Rendezvous						Weekend Rendezvous
15:00							
16:00							
17:00	Top of the Pops (Repeat)	The Zone	The Zone	The Zone	The Zone	The Zone	ICRT Top 10
18:00	Pop Express						Pop Express
19:00		Star Lounge	Star Lounge	Star Lounge	Star Lounge	Star Lounge	
20:00	Jazz Flavors						
21:00							
22:00	Groove in the City	Total Impact	Total Impact	Total Impact	Total Impact	Total Impact	Club Beat
23:00							

* 節目如有異動，以 ICRT 網站公佈爲準，http://www.icrt.com.tw/。

第 1 章　認識ICRT

1. ICRT字彙特色
2. 快速進入ICRT廣播世界的訣竅
3. ICRT字彙發音分析
4. ICRT節目中的靈魂人物

▶▶ 1. ICRT字彙特色

ICRT（International Community Radio Taipei, 台北國際社區廣播電台）是全天候的英語廣播電台，一天二十四小時，隨時為聽眾傳遞最新訊息；ICRT 的節目琳瑯滿目，兼具**娛樂性、教育性、服務性**等諸多功能。

對一般聽眾而言，要完全聽懂 ICRT 並不容易，在一知半解的情況下，可能會錯過許多精采報導內容。**要克服這種聽力障礙，首先就必須先儲備大量的廣播常用字彙。**為使讀者對 ICRT 實況播報字彙有全盤了解，特將其播報特色做以下說明。

♪♫♪ ICRT字字扣緊生活每一層面 ♪♫♪

習慣於傳統英語教育方式的人，剛開始聽 ICRT 一定會懷疑，為什麼自己無法聽懂 ICRT 的廣播。其實，是因為 ICRT 比學校的課本英文（Book English）更生活化、更活潑，**每一分、每一秒都是播音員與聽眾之間最直接的溝通**，句句都是**最道地的生活美語**（Living English），可以說是最實用的英語教材。

　　ICRT 字彙內容包羅萬象，涵蓋政治、商業、社會、體育、音樂、氣象和娛樂活動等層面。除此之外，你還可以聽到外國主持人講一些流行語，常聽他們說話，以後你跟外國年輕人聊天時，就不會不知其所云。本書將以分章論節的方式逐一詳述，呈現給您 ICRT 多采多姿的面貌，讓 ICRT 進入您的工作、學習與生活。

ICRT快速播報・一分鐘200字

　　ICRT 的播報速度，平均一分鐘 200 字，因此對聽力是一項很大的考驗。

　　在新聞播報節目中，播音員講的每一個字都連在一起，發音連續，稍縱即逝，有些字還是譯名，因此不像看英文報紙，可以自由控制速度，或是查字典。在這種情形下，聽者對字彙（特別是一些專門卻常用的術語）必須具備相當程度的認知，才能理解播音員的播報內容。對喜愛英語廣播的聽眾，或想訓練聽力的人而言，**熟背 ICRT 常用字彙，是輕鬆聽懂 ICRT 快速播報的不二法門。**

ICRT語法結構簡單

　　剛開始聽 ICRT 的人，常常會被那一長串連珠炮似的句子，弄得暈頭轉向。其實 ICRT 的文句雖長，但是語法結構卻很簡單。

以新聞報導來說，句子的組合通常是 5W1H 的形式，即「**何人**（Who）**於何時**（When）**在何處**（Where）**為什麼**（Why）**又如何**（How）**做了何事**（What）」。而且一唸到重要的字彙，播音員的聲音會變得特別高揚，使聽眾能立刻抓住播報重點。

ICRT 的句子結構平實，不像 TIME、NEWSWEEK 等較深奧的雜誌，常有潤飾文字，加以鋪陳的情形，所以聽的時候，只要**把握關鍵字**（Key Word），**扣緊單字與句意之間的關係，理解力就可高達百分之八十。**

氣氛輕鬆·省略語連連不斷

今日的廣播英語，並沒有強制規定，報導的語法要完全依照文法規則。所以 ICRT 的報導，並沒有特別講究文法，尤其是一些插播及音樂性的節目，播音員為製造輕鬆愉快的氣氛，不但聲調柔和，而且以活潑的會話為主。即使是新聞性的節目，也常有非正式的**口語**（colloquialism）或**省略的縮寫形式**出現。

 實例

> "**You'll** hear the President's address at 7:00 this evening."
> 「今晚七點，你將聽到總統的演說。」

【説明】

　　You'll 即是省略的縮寫形式（contracted form），在一般英文書信或文章中，這是比較不正式的用法，但是在口語上卻極為普遍。ICRT 的播音員為求語氣自然、生動，都儘量採用 contracted form，而不用聽起來較嚴肅呆板的正式語調，如：

> "President Bush's address will be heard at 7:00 this evening over the ICRT network."
> 「今晚七點在 ICRT 廣播網將可以聽到布希總統的演說。」

　　由此可見，ICRT 的字彙運用，最大目的在於**以簡單明瞭的方式**，激發聽眾強烈的感受，以期**產生最大的共鳴效果**，達到**有效的溝通**（Effective Communication）。

▶▶ 2.快速進入ICRT廣播世界的訣竅

熟悉當日新聞內容‧掌握先機

　　一般急於想聽懂 ICRT 的人，常常一打開收音機，就全神貫注，努力去聽播音員的每一個發音，但是往往半途而廢，因為事先對整個內容並無概念，在聽的時候自然無法全盤了解，久而久之就產生挫折感，並宣佈放棄。

　　建議您，想聽懂新聞節目，可以**先熟悉當日主要新聞內容**（可查閱 ICRT 網站的當日新聞內容），做好準備工作，**再配合新聞必備字彙，雙管齊下！**其他音樂節目，氣象、插播等，只要**熟記關鍵用語**，您就可以享受 ICRT 為您準備的精采節目了。

大膽推測句意

　　美國「語言教育交流協會」（L.E.C）做了一項測驗：把英文程度一樣的人分為兩組；一組閱讀英文報紙，一組聽與報紙內容完全相同的英語廣播。結果發現，**閱讀可以理解** 95%的報紙內容，**聽廣播的理解程度卻只有** 45%。明明是同樣的內容，為什麼有這麼大的差別呢？

　　原來由「讀」轉換到「聽」，尚有一段一般人忽略的過程。閱讀時，因為速度可以自己控制，如果碰到問題，隨時都可以停下來查詢，即使第一次無法了解，也可以來回多讀幾次；但是聽的時候，不但很難掌握每個發音，而且一聽到不懂的字彙，常常就卡在那兒，無法再往下聽，萬一聽漏了，更不能重來一次。針對這點，外語專家 Joan Pubin 有一個很好的建議：

> 如果要在最短的時間內，深入掌握每個報導的內容，除了以必備字彙為基礎，更要對文句做大膽的推測。

　　例如：一聽到 Middle East（中東），立刻就聯想到 war—Iran and Iraq（伊朗和伊拉克）或是 Israel and Lebanon（以色列與黎巴嫩）；聽到 UN（United Nations 聯合國）和 EU（European Union）時，就可以推測是和國際新聞有關。

　　以這種方法，**訓練自己成為推測的高手**。這樣不但可以加快理解的速度，更能靈活運用必備字彙。但是別忘了：大膽推測的前提是具備豐富的字彙。

連接詞與分詞穿針引線

　　聽 ICRT 的時候，除了必備字彙，連接詞與分詞也是理解廣播內容的重要線索。

☺ 實例

Addressing the opening session of an economic summit in Tokyo, the president said the original request to freeze Japan's textile exports will be revoked.

總統在東京經濟高峰會的開幕式中發表演說，表示將撤回原先凍結日本紡織品外銷的要求。

【說明】

上面這個實例是以分詞 Addressing 做為句子的開頭。這一類分詞構句，因為**句首沒有主詞**，聽的時候，往往抓不到報導的重心；即使可以在緊接著的主要句子裡勉強聽出主詞，但是前半句的重點已經來不及追溯了！因此，事先熟悉 ICRT 常用的幾個分詞型式及連接詞，聽的時候，就能很快掌握句子的主要人物與事件前後的關係。

ICRT 報導常用的連接詞與分詞

【連接詞】

although 雖然	by the time 在…之前
according as 根據	once 一旦
as 當…時候	since 因為
as if 如…一般	supposing 假使
as long as 只要	until 直到
because 因為	whether 是否
both A and B　A 和 B 兩者都	while 當…的時候

【分詞】

accusing	指控；控告
addressing～	向～演說
admitting	承認
delivering	發表意見
saying～	表示～；說到～

　　連接詞與分詞在報導中具有穿針引線的功用，適當地運用，能使文句顯得輕快流暢，尤其是報導一些內容瑣碎、人物繁雜的新聞時，ICRT 特別喜歡使用連接詞和分詞來貫穿語句。碰到這種情形，只要熟悉常用的連接詞和分詞句型，問題就可迎刃而解！

▶剛接觸 ICRT 的人，不妨先從簡單的音樂節目開始，先聽懂主持人的常用語句，過一陣子之後，再試著聽新聞報導，會比較容易進入狀況。

→ 3.ICRT字彙發音分析

　　美國號稱「民族的大熔爐」，各國移民混雜，語言發音也五花八門。儘管如此，美國廣播公司對播音員的英語，還是要求要以貫穿美國廣大地區的 General American（一般美語）**做為發音標準**。在台灣，ICRT 的播音員，除了聲音清晰、發音準確等必備條件外，每位播音員也都是屬於 General American。（除少數的駐外外籍新聞特派員的腔調有些許不同。）

1. 在字尾或子音之前，加重捲舌音〔r〕〔ɝ〕，例如：

word 字	〔wɝd〕	here 這裡	〔hɪr〕
bird 鳥	〔bɝd〕	hair 頭髮	〔hɛr〕
girl 女孩	〔gɝl〕	care 留心	〔kɛr〕
her 她	〔hɝ〕	hour 小時	〔haʊr〕
sir 先生	〔sɝ〕	far 遠	〔fɑr〕
early 早	〔'ɝlɪ〕	car 汽車	〔kɑr〕
large 大的	〔lɑrdʒ〕	war 戰爭	〔wɔr〕
park 公園	〔pɑrk〕	air 空氣	〔ɛr〕
heart 心	〔hɑrt〕	for 為了	〔fɔr〕
beard 鬍鬚	〔bɪrd〕	beer 啤酒	〔bɪr〕

2. 單字中間的〔t〕〔d〕發音特別微弱，例如：

certitude 確實	〔ˈsɝtəˌtjud〕
competitive 競爭的	〔kəmˈpɛtətɪv〕
heatstroke 中暑	〔ˈhitˌstrok〕
apartment 公寓	〔əˈpɑrtmənt〕
witness 見證人	〔ˈwɪtnɪs〕
goodwill 善意	〔ˈgʊdˈwɪl〕
badminton 羽毛球	〔ˈbædmɪntən〕
endless 無盡的	〔ˈɛndlɪs〕
federal 聯邦的	〔ˈfɛdərəl〕
headline 標題	〔ˈhɛdˌlaɪn〕

3. 連音（Linking）使用頻繁

　　ICRT 因為播報速度極快，使用連音的情形也不勝枚舉，尤其是主持人天南地北閒話家常的時候，使用連音的情形也特別頻繁，例如：

not at all 一點也不	tell him 告訴他
rob a bank 搶銀行	both of 兩者都
put it off 捨棄它	brush up 擦拭
need it 需要它	switch on 開（電燈）
after all 畢竟	crude oil 原油
if you 如果你…	in America 在美國

I'd like a drink. 我想喝點飲料。

Give it to me. 把它給我。

I have an orange. 我有一個橘子。

4. 母音的消失（Neutralization of Vowels）和子音的合併省略

　　母音的發音如果太弱（最常見的是〔ə〕的音）播音員一唸快，很容易就把聲音含在嘴裡，聽起來，母音就像消失了一樣。

　　一個字，如果是子音結尾，緊接的字又是以母音為首，那麼結尾的子音和起首的母音就可以合併成連音，例如 catch up〔'kæˌtʃʌp〕（追上）；但是它緊接的如果是子音起頭的字，那它本身的字尾子音就會被省略不唸，例如 nice catch〔'naɪˌkætʃ〕（接得好）。

母音的省略		子音的省略	
above 在上面	〔'bʌv〕	accident 意外	〔'æksədən〕
appear 出現	〔'pɪr〕	basket 籃子	〔'bæskɪ〕
afraid 害怕	〔'fred〕	difficult 困難的	〔'dɪfəˌkʌl〕
correct 正確的	〔k'rɛkt〕	extinct 滅絕的	〔ɪk'stɪŋk〕
offend 觸怒	〔'fɛnd〕	receipt 接受	〔rɪ'si〕

5. 關鍵字加重發音

　　廣播的關鍵字通常是**名詞、動詞、重要的形容詞和副詞**。其他代名詞、介系詞、冠詞等，在句子中都是屬於弱音。播音員之所以特別加重關鍵字，是因為在快速播報中，強化重要字彙，不但聲音上會有**抑揚頓挫**的效果，更可以緊緊抓住聽眾的注意力。

實例

【粗體字加重發音】

> The Hong Kong **stock market continued** its lackluster
> performance Tuesday.
>
> 香港股市星期二持續低迷不振。

> The United States and Britain conducted a **joint**
> **underground nuclear weapons** test.
>
> 美國和英國聯合執行地下核子武器試爆。

> Chao, in a press conference Friday at **the Government**
> **Information Office**, will answer questions on the
> **proposed plant**.
>
> 趙先生在新聞局星期五的記者會上，將針對工廠的提議案回答
> 問題。

4.ICRT節目中的靈魂人物

除了聽懂新聞播報的內容外，了解 ICRT 節目主持人（Host / DJ）在說什麼也很重要。ICRT 的 DJ 是節目的重要元素之一，活力十足的 DJ 能使聽眾對節目產生興趣，並且養成每天收聽的習慣；隨著節目調性的不同，ICRT 也會有各種不同類型的主持人，有的溫柔，有的瘋狂，形形色色，任君選擇。

ICRT 偶而會舉辦各種贈獎活動或開放點歌，聽眾不妨大膽 call in 進去，與自己喜歡的 DJ 對話，在練習英文之餘，還可以訓練自己開口說英文的膽量。

接下來本書將針對 ICRT 現任的熱門節目 DJ 做重點式的介紹，並列出一些各別 DJ 慣用的主持用語，使讀者更了解 ICRT，並從聽 ICRT 的過程中快樂學英文。

 ## ICRT熱門節目DJ介紹

A. *Joseph Lin*（林哲修）

Joseph Lin 主持的節目為週一至週五晚間七點到十點的 Star Lounge。

Joseph 是在美國底特律（Detroit）長大的華人 DJ，因為有在國外成長的背景，所以他說得一口標準的英語和流利的國語，聽眾常誤以為主持人是個會說國語的外國人，其雙聲帶的主持方式，使台灣聽眾倍感親切；節目有時還會邀請國內外巨星接受訪問，內容生動又具備流行性，是最適合訓練聽力的節目。

Joseph 同時也主持 ICRT 和行政院合作的「客家風情」插播節目，與另一位客語老師一起帶領聽眾學習客家文化。Joseph 的聲音頗具磁性，辨識度高，主持氣氛輕鬆幽默，是 ICRT 最受歡迎的 DJ 之一。

B. *Bill Thissen*

喜歡爵士樂的聽眾絕不能錯過 Bill Thissen 主持的爵士音樂節目 Jazz Flavors，主持爵士音樂節目二十多年的他，是許多爵士樂迷熟悉的主持人；該節目於每週日晚上八點到十點播出。除了主持音樂節目外，聽眾還會在 ICRT 晨間新聞聽到他的聲音，Bill Thissen 在 1984 年就加入 ICRT，是很資深的 DJ 與新聞播報員。

C. *Ron Stuart*（史都華）

他主持的節目是週一至週五，晚間十點到凌晨一點的 Total Impact。聽眾最喜歡的就是他詭異又爽朗的笑聲，與驚人的說話速度，雖然節目播出的時間已接近深夜，但他的熱情並不會因為夜深而減弱，他充滿感染力的聲音使人彷彿置身在夜店裡一般；節目常會播放熱門的嘻哈舞曲（hip-hop），使聽眾感受到台北夜未眠的魅力。

D. *Geena Lee*

從加拿大來的 Geena Lee 主持週一至週五,下午四點到七點的 The Zone。Geena 的聲音較為低沉優雅,在傍晚時刻能讓人感到放鬆。Geena 是雅買加(Jamaica)後裔,所以她最喜歡的音樂之一,就是最近又再度受到大眾青睞的雷鬼音樂(Reggae),聽眾有機會能在她的節目裡聽到這類型的音樂。此外,她也常播放抒情復古歌曲,帶領聽眾欣賞經典老歌的美麗。

E. *Melvin Tan*(梅爾文)

ICRT 聽眾應該對梅爾文感到不陌生,他以前曾是 Hit FM 的主持人,會說中文也會說英語,他主持的節目是週一至週五,早上十點到下午一點的 Music Fun。梅爾文在加州大學柏克萊分校(UC Berkeley)就讀時,主修音樂與政治,因此極富音樂素養,他在廣播界服務多年,想要對音樂有更進一步的了解,不妨鎖定 Melvin 所主持的 Music Fun,這個節目一定不會讓您失望。

F. *Rick Monday*

Rick Monday 主持的節目是週一至週五,早上七點到十點的 Music Punch,Rick Monday 是這位 DJ 的藝名,他其實是借用洛杉磯道奇棒球隊一位球員的名字,早上上班時間,轉到 ICRT,就可以聽到 Rick 沉穩的聲音,帶您進入無憂無慮的音樂世界。

DJ主持常用語

 實例

Stay tuned to ICRT FM 100, English radio in Taiwan.

鎖定 ICRT，FM 100，台灣的英文廣播電台。

You are in the zone with Geena Lee. Here is American band No Doubt with "Don't Speak".

您現在正在收聽 Geena Lee 主持的 the zone，現在為您播放美國樂團不要懷疑的歌曲 "Don't Speak"。

You are listening to English radio ICRT with the best music here.

您正在收聽的是英文廣播電台 ICRT，最棒的音樂都在這裡。

Be sure to keep tuned in to ICRT, cause we are going to choose two lucky listeners to go to Hawaii!

一定要持續鎖定 ICRT，因為我們將會選出兩位幸運的聽眾去夏威夷！

This is Janet Jackson's latest single "Call on Me" featuring Nelly.

這是珍娜傑克森與尼力合唱的最新單曲 "Call on Me"。

ICRT節目簡介

◀ 週一至週五 ▶

一、新聞節目

　　ICRT 週一到週五（Weekdays），早上到晚上，除了播放音樂外，還有許多不同的節目；早上六點播出的 BBC 晨間新聞，為一天的精采內容揭開序幕，提供整整一小時的英語新聞報導，使聽眾能夠掌握國際要聞。

二、音樂性節目

　　六點晨間新聞之後，就是一整天的音樂節目，依序介紹如下：

☆ *Music Punch*：七點到十點，由 Rick Monday 主持，節目中會分享新聞（News）與見解（Views），另外還會播放好聽的音樂，讓您的一天有美好的開始。

☆ *Music Fun*：由 Melvin Tan 主持，播出時間為早上十點到下午一點，不管您是在工作或準備午餐，三個小時的豐富音樂是中午（mid-day）的最佳良伴。

☆ *T Time*：由 DJ TJ（Timothy Joseph Higgins）所主持，播出時間為下午一點到四點，下午茶時光也要有好音樂相伴，DJ TJ 提供最舒服，最悅耳的（smooth）音樂，使你身心都舒暢。

☆ *The Zone*：Geena Lee 主持的 The Zone，播出時間為下午四點到七點。一天的工作即將結束，Geena 在節目中不時播放經典抒情老歌，幫您放鬆一整天的緊張心情。

☆ *Star Lounge*：主持人為 Joseph Lin，播出時間是晚上七點到十點。雖然太陽下山了，但是 DJ 的熱情絲毫未減，Joseph 在節目中將播放最流行的歌曲，並訪問當紅影視歌星，讓您捨不得轉台。

☆ *Total Impact*：由 ICRT 最瘋狂的 DJ 史都華主持，播出時間為晚上十點至凌晨一點，史都華可說是 ICRT 中聲音辨識度最強的 DJ，有時他還會邊播音樂邊跟著哼，節奏分明的音樂與他充滿戲劇性的主持方式，帶給聽眾衝擊力十足的三小時節目。

◀ 週末特別節目介紹 ▶

☆ *Taiwan Top 20*

由 Melvin 主持的 Taiwan Top 20 節目，提供聽眾當週台灣地區最熱門的中英文流行歌曲（Hits），以排行榜（Chart）形式播放前二十名的哈燒歌曲，播出時間為每週六晚上八點到十點，並於週日早上十點到十二點重播。

☆ *Asia Nation*

每週日早上六點到十點，由 Tito Gray 主持的 Asia Nation，是 ICRT 最具熱帶風情的節目，聽眾可以在節目中聽到東南亞（Southeast Asia）的流行歌曲與時事報導，您會不知不覺神遊在充滿沙灘、美食，與陽光的度假勝地裡，讓您不用出國也有好心情。

☆ *Jazz Flavors*

Jazz Flavors 節目於每週日晚上八點至十點播出，各式各樣的爵士音樂都可以在這裡聽到，不管是摩登的（Modern）、醉人的（Mellow）或是混和爵士（Fusion Jazz），Jazz Flavors 提供爵士樂迷多樣的風貌，主持人 Bill Thissen 更會說明每一首歌的曲風（Style）及演唱人資料，使聽眾能更加了解爵士樂。

☆ *Club Beat*

由 Stevie G 所主持的 Club Beat，在適合狂歡的週六夜晚播出，時間是晚上十點到十二點，如同節目的名稱一般，Club Beat 將會帶給你在舞池（Dance Floor）裡最 Hot 的歌曲，主要播放浩室音樂（House Music）和嘻哈樂（Hip Hop Music）兩種類型，不管你是即將去參加派對，還是正開著車在兜風，Club Beat 能帶給你想要舞動的狂野心情。

第 2 章
ICRT音樂節目實況字彙

1. LET'S ENJOY MUSIC ON ICRT

2. ICRT音樂節目常用字彙

3. ICRT音樂節目實況播報－字彙測驗

1. LET'S ENJOY MUSIC ON ICRT

在 ICRT 每週 168 小時的節目中,音樂性的就佔了百分之九十。這樣的比例反映出,**提供音樂性的娛樂是ICRT 節目製作的重心**。如果你喜歡熱門歌曲,ICRT 一天二十四小時,除了新聞報導及偶爾的插播外,會隨時提供當下最流行的音樂訊息。

雖然每個節目的 DJ (Disk Jockey, 節目主持人) 不同,但有時一天可以聽到同一首歌曲達三、四次之多,這不僅會讓你完全掌握流行歌曲,更強迫你一遍又一遍地熟悉歌曲內容,在你試著捕捉歌詞的完整意義時,你收聽 ICRT 的每一分每一秒,都在學英文。

了解DJ常用字,ICRT任你行

Pop Music (流行音樂) 是 ICRT 音樂節目的主流,其他則包括 **Country Music** (鄉村音樂)、**Jazz Music** (爵士樂),及 **Oldies but Goodies** (老歌回顧) 等等,近年來甚至會穿插國語歌曲,並介紹中、西流行歌曲排行榜,內容可說是包羅萬象,兼顧各類音樂的愛好者。

一般來說，雖然音樂類型不同，但只要有主持人主持的節目，用語總有相似之處，他們不外乎是**介紹曲名**、**作曲家**或**製作人**等等，而現場的節目（Live Show; ICRT 裡有些節目屬於這種類型），DJ 多以天南地北的閒聊方式，製造輕鬆活潑的氣氛，以吸引聽眾的注意力，因此所用的單字及句子多半不難聽懂，只要熟悉 DJ 常用的音樂術語，你就能完全沉浸在 ICRT 的音樂世界裡。

建議你，一有空閒就收聽 ICRT 的音樂節目，那不僅是聽覺的享受，也能以淺移默化的方式學習語言。

精通DJ用語，掌握流行脈動

只要下定決心，持之以恆，要完全聽懂 ICRT 的節目是絕對沒問題的。很多人面臨的困難，是能夠聽得出單字的發音，但卻不懂單字的意思。唯一的解決之道，就是**擴大字彙量**。針對你的需要。本章收集了 ICRT 音樂性節目中最常出現的關鍵字彙，背熟這些單字，你就能充分了解 DJ 在說什麼，確實掌握全世界的流行脈動。

2. ICRT音樂節目常用字彙

> 音樂類型

- [ ] **art song** 藝術音樂
- [ ] **atonal music** 無調音樂【沒有主音與屬音之分，所有音符都同等重要】
- [ ] **ballad** (ˈbæləd) *n.* 民謠
- [ ] **blues** (bluz) *n.* 藍調
- [ ] **chanson** (ˈʃænsən) *n.* 香頌；法國式抒情歌曲

- [ ] **classical music** 古典音樂
- [ ] **country music** 鄉村音樂
- [ ] **dance** (dæns) *n.* 舞曲
- [ ] **electronic music** 電子音樂
- [ ] **folk music** 民俗音樂

- [ ] **gospel** (ˈɡɑspḷ) *n.* 福音音樂
- [ ] **heavy metal** 重金屬搖滾樂
- [ ] **Hip-Hop** 嘻哈音樂
- [ ] **hymn** (hɪm) *n.* 聖歌
- [ ] **jazz** (dʒæz) *n.* 爵士樂
- [ ] **light music** 輕音樂

- [ ] **lyric song** 抒情歌曲
- [ ] **new age music** 新世紀音樂【強調以多樣面貌展現音樂美感，不限音樂形式】

- [ ] **opera** (ˈɑpərə) *n.* 歌劇
- [ ] **patriotic song** 愛國歌曲
- [ ] **pop** (pɑp) *n.* 流行音樂
- [ ] **R&B** 節奏藍調音樂 (= *rhythm and blues*)
- [ ] **rap** (ræp) *n.* 饒舌音樂
- [ ] **rock** (rɑk) *n.* 搖滾樂
- [ ] **world music** 世界音樂

▶ Singers **perform** on the stage. 歌手在台上表演。

常用動詞

- [ ] **audition** (ɔˈdɪʃən) *v.* 試聽
- [ ] **complete** (kəmˈplit) *v.* 完成
- [ ] **connote** (kəˈnot) *v.* 有言外之意;暗示
- [ ] **dedicate** (ˈdɛdə‚ket) *v.* 奉獻;致力於
- [ ] **feature** (ˈfitʃɚ) *v.* 作為號召;由…主演

- [ ] **invoke** (ɪnˈvok) *v.* 呼籲;懇求
- [ ] **mention** (ˈmɛnʃən) *v.* 提到
- [ ] **peak** (pik) *v.* (在音樂排行榜裡) 達到高峰
- [ ] **perform** (pɚˈfɔrm) *v.* 表演
- [ ] **play** (ple) *v.* 演奏;扮演
- [ ] **release** (rɪˈlis) *v.* 發行;推出

常用形容詞

☐ **adoring**〔ə'dorɪŋ〕*adj.* 愛慕的
☐ **best-known**〔'bɛst'non〕*adj.* 最知名的
☐ **box-office**〔'baks,afɪs〕*adj.* 票房的；賣座的
☐ **best-selling**〔'bɛst'sɛlɪŋ〕*adj.* 最暢銷的；最紅的
☐ **dynamic**〔daɪ'næmɪk〕*adj.* 有活力的

☐ **innovative**〔'ɪnə,vetɪv〕*adj.* 革新的
☐ **ornate**〔ɔr'net〕*adj.* 裝飾華麗的
☐ **rough**〔rʌf〕*adj.* 沙啞的
☐ **tumultuous**〔tju'mʌltʃuəs〕*adj.* 喧鬧的
☐ **unplugged**〔ʌn'plʌgd〕*adj.* 不插電的

常用名詞

☐ **album**〔'ælbəm〕*n.* 專輯
☐ **alto**〔'ælto〕*n.* 女聲的低音；男生的高音
☐ **artist**〔'artɪst〕*n.* 藝人（= *entertainer*）
☐ **background music** 配樂

☐ **backlash**〔'bæk,læʃ〕*n.* 強烈的反應
☐ **beat**〔bit〕*n.* 節拍
☐ **chart**〔tʃart〕*n.* 排行榜
☐ **chorus**〔'korəs〕*n.* 合唱團；副歌

☐ **combination**〔,kambə'neʃən〕*n.* 組合
☐ **compact disk** CD 唱片
☐ **composer**〔kəm'pozɚ〕*n.* 作曲家
☐ **composition**〔,kampə'zɪʃən〕*n.* 作品；樂曲

- [ ] **conductor** 〔 kən'dʌktə 〕 *n.* 指揮
- [ ] **contract** 〔 'kɑntrækt 〕 *n.* 合約
- [ ] **cover** 〔 'kʌvə 〕 *n.* 封面
- [ ] **crooner** 〔 'krunə 〕 *n.* 低聲唱歌的人
- [ ] **crossover** 〔 'krɔs,ovə 〕 *n.* 混合音樂

- [ ] **deal** 〔 dil 〕 *n.* 交易；協定
- [ ] **debut** 〔 dɪ'bju 〕 *n.* 初次露面；初次登臺；首次進榜
- [ ] **demo tape** 樣本唱片；示範帶
- [ ] **discophile** 〔 'dɪskə,faɪl 〕 *n.* 唱片收藏家
- [ ] **discord** 〔 'dɪskɔrd 〕 *n.* 不和諧的音；雜音

- [ ] **duet** 〔 du'ɛt 〕 *n.* 二重唱
- [ ] **edition** 〔 ɪ'dɪʃən 〕 *n.* 版本
- [ ] **encore** 〔 'ɑŋkɔr 〕 *n.* 安可；觀眾要求再加演
- [ ] **ensemble** 〔 ɑn'sɑmbḷ 〕 *n.* 合奏；合唱
- [ ] **female chorus** 女聲合唱

- [ ] **genre** 〔 'ʒɑnrə 〕 *n.* (音樂的) 類型
- [ ] **grace note** 裝飾音
- [ ] **harmony** 〔 'hɑrmənɪ 〕 *n.* 和聲
- [ ] **hit** 〔 hɪt 〕 *n.* 熱門歌曲
- [ ] **indie** 〔 'ɪndɪ 〕 *n.* 獨立製作的唱片或電影

- [ ] **interlude** 〔 'ɪntə,lud 〕 *n.* 間奏
- [ ] **label** 〔 'lebḷ 〕 *n.* 音樂廠牌；唱片公司
- [ ] **lip-sync** 對嘴
- [ ] **lyric** 〔 'lɪrɪk 〕 *n.* 歌詞
- [ ] **mainstream** 〔 'men,strim 〕 *n.* 主流音樂
- [ ] **male chorus** 男聲合唱

- [ ] **melody** (ˈmɛlədɪ) *n.* 旋律
- [ ] **microphone** (ˈmaɪkrəˌfon) *n.* 麥克風
- [ ] **musical** (ˈmjuzɪkḷ) *n.* 音樂劇
- [ ] **musical note** 樂譜；音符
- [ ] **music hall** 音樂廳

- [ ] **musician** (mjuˈzɪʃən) *n.* 音樂家
- [ ] **music video** 音樂錄影帶
- [ ] **national anthem** 國歌
- [ ] **new release** 新發行的歌曲、專輯等
- [ ] **numerical note** 簡譜

- [ ] **orchestra** (ˈɔrkɪstrə) *n.* 管絃樂團
- [ ] **overture** (ˈovətʃɚ) *n.* 序曲；前奏曲
- [ ] **performer** (pɚˈfɔrmɚ) *n.* 表演者
- [ ] **pit** (pɪt) *n.* 台前樂隊池
- [ ] **podium** (ˈpodɪəm) *n.* (交響樂團的) 指揮台

▶A symphony **orchestra** 交響樂團

- [ ] **producer**〔prə'djusə〕*n.* 製作人
- [ ] **single**〔'sɪŋḷ〕*n.* 單曲
- [ ] **solo**〔'solo〕*n.* 獨唱
- [ ] **soprano**〔sə'præno〕*n.* 女高音

- [ ] **soundtrack**〔'saʊnd,træk〕*n.* 電影原聲帶
- [ ] **studio**〔'stjudɪ,o〕*n.* 錄音室
- [ ] **tempo**〔'tɛmpo〕*n.* 速度；拍子
- [ ] **tenor**〔'tɛnə〕*n.* 男高音

熱門流行音樂

- [ ] **band**〔bænd〕*n.* 樂團
- [ ] **bassist**〔'besɪst〕*n.* 貝斯手
- [ ] **billboard**〔'bɪl,bord〕*n.* 告示牌雜誌 (美國流行音樂
  雜誌)
- [ ] **bottom of the hour** 一個鐘頭將盡之時
- [ ] **concert**〔'kɑnsɝt〕*n.* 演唱會

- [ ] **countdown**〔'kaʊnt,daʊn〕*n.* 倒數計時；排行榜
- [ ] **drummer**〔'drʌmə〕*n.* 鼓手
- [ ] **electric guitar** 電吉他
- [ ] **gig**〔gɪg〕*n.* (樂團的) 公演
- [ ] **Grammy Awards** 葛萊美獎【美國最具指標性的音
  樂頒獎典禮】

- [ ] **guitarist**〔gɪ'tɑrɪst〕*n.* 吉他手
- [ ] **hot music** 熱門音樂
- [ ] **intermission**〔,ɪntə'mɪʃən〕*n.* 中間休息
- [ ] **keyboard**〔'ki,bord〕*n.* 鍵盤；鍵盤樂器

- [ ] **lineup** 〔 'laɪn,ʌp 〕 *n.* 陣容
- [ ] **mix** 〔 mɪks 〕 *n.* 混音歌曲
- [ ] **pop star** 流行音樂巨星
- [ ] **promotion** 〔 prə'moʃən 〕 *n.* 宣傳；促銷
- [ ] **promo tour** 宣傳活動

- [ ] **request** 〔 rɪ'kwɛst 〕 *n.* 聽眾點歌
- [ ] **Rolling Stone Magazine** 滾石音樂雜誌
- [ ] **self-titled** 以自己的名稱為名的（專輯、電影等）；同名的（專輯）
- [ ] **stay tuned** 繼續收聽
- [ ] **top of the hour** 一個鐘頭的開始
- [ ] **top ten** 排行榜前十名

排行榜 Single Ranking

This Week	Last Week	Song Title	Artist
1	2	Irreplaceable	Beyonce
2	1	Tokyo Drift	Teriyaki Boyz
3	7	You Give Me Something	James Morrison
4	5	Gallery	Mario Vazquez
5	3	Call on Me	Janet Jackson
6	4	Ride with Me	Nelly
7	6	Bad Day	Daniel Powter
8	10	Black or White	Michael Jackson
9	9	Daughters	John Mayer
10	8	Shake Ya Body	Tyra Banks

▶ A Chart 排行榜

▸▸ 3. ICRT音樂節目實況播報

　　看過常用字彙後，相信你對音樂節目字彙已經有初步的了解，因此本章節準備了數則音樂節目新聞稿，每篇新聞稿都將在限定秒數內播報完畢，讀者可以一邊播放 MP3，一邊測試自己的聽力與理解力，準備好了嗎？測驗開始！

□ 字彙測驗

時間限制：18 秒

　　The band has booked a two-week **gig** at a New York nightclub.　They will **perform** every night from November 20 to December 3.

➡ 這個樂團在紐約的一家夜總會有為期兩週的**公演**。從十一月二十號到十二月三號，他們每晚都有**演出**。

時間限制：18 秒

　　R&B singer Akon's sophomore **album** has hit the **charts** with two new **hits** "Smack That" **featuring** Eminem and "I Wanna Love You" featuring Snoop Dogg.

➡ **節奏藍調**歌手阿肯的第二張**專輯**已經攻佔了各大**排行榜**，專輯裡有兩首新**熱門歌曲**：與阿姆**合唱**的 "Smack That"，以及與史努比狗狗合唱的 "I Wanna Love You"。

時間限制：18 秒

Grammy Award-winning singer John Mayer is also a talented **songwriter** and a **guitarist**. He was inspired by a tape that contained an **album** by American blues guitarist Stevie Ray Vaughan at the age of thirteen, and then he began to learn guitar.

➡ **葛萊美獎**得主歌手約翰梅爾，同時也是一位才華洋溢的**作曲家**和**吉他手**。他在十三歲的時候，被一捲卡帶啓發，那捲卡帶裡有美國藍調吉他手史提夫雷范的**專輯**，所以約翰梅爾後來就開始學吉他。

Tips

　　要學好英文，除了加強口語會話之外，有空不妨多聽聽外國流行歌曲，學習語言的不二法門，就是「多聽、多看、多說」！

第3章
ICRT政治新聞實況字彙

1. 透視ICRT政治新聞字彙
2. ICRT政治新聞高頻率字彙－實況例句
3. ICRT政治新聞常用字彙
4. ICRT政治新聞實況播報－字彙測驗

▸▸ 1.透視ICRT政治新聞字彙

　　ICRT 的新聞播報，是想訓練英文聽力的最佳教材。不論是五分鐘快報，或是一小時的晨間新聞，其中的重頭戲一向是以政治性報導爲主。然而政治新聞的字彙範圍廣泛，再加上專有名詞又特別多，要聽懂全部播報內容，實屬不易。

　　有鑑於此，本章將政治新聞字彙做**系統化的歸類整理**，經一一剖析後，你會發現，政治新聞雖然包羅萬象，卻脈絡分明。只要充分掌握各類政治字彙的**關鍵字**，就能突破政治新聞的聽力障礙。

 政治新聞專門性字彙多

　　國際要聞與台灣政治是 ICRT 政治報導的重點。它的新聞文體與坊間的英文報紙，如 China Post、Taiwan News 略有不同。報紙的新聞文體，充滿複合句、子句，甚至有倒裝句、假設語等。而 ICRT 的政治新聞爲了使聽衆易於了解，句子的結構以**單句爲主，複句爲輔**，力求使聽衆一聽就抓住報導主旨。

儘管文句結構簡單,但是政治新聞字彙的專門性卻很高,可說是隨著政局的瞬息變化而轉換。所以與政治相關的字彙如果不加以分類整理,只是一味地背誦記憶,則學習效果必定大打折扣。

十天內聽力可達百分之八十

　　政治新聞字彙經電腦統計,可分為八大類,**會議談判、選舉、條款、軍事、外交、內政、政治性人物及一般行政組織**。

　　各類政治字彙雖然是獨立的單元,但是相互配合,再與基本字彙綜合運用,就可以把一則政治新聞的來龍去脈交代得清清楚楚。

實例

☆ ICRT **政壇快報**

> 　　On Wednesday, President Bush said North Korea's claims of a **nuclear** test establish Pyongyang as a "threat to international peace," and he **pledged** to defend America's **allies** and interests in the region.
>
> 　　布希在星期三表示,北韓宣稱要在平壤舉行**核子**試爆是對國際和平的威脅,他**保證**會保護該區域內的盟國和利益。

【說明】

　　這是一則政治新聞報導，它以簡短扼要的方式報導新聞事件，要了解這則報導，只要抓住 Key Words。這篇報導中的 Key Words，包括軍事、外交，和會議談判字彙，以及 threat, defend 等基本單字，新聞的主要人物、事件、內容，地點都交代得很清楚，很容易看懂。

　　要提高政治新聞理解力，得先熟悉各類重要字彙。只要你每天背一類詞彙，只要十天，你對政治新聞的理解力，一定會提高到百分之八十。

▶ 剛開始聽政治新聞，一定會覺得艱深難懂，編者在此建議，不妨先閱讀當日中文報紙的政治報導，然後再試著聽 ICRT 的政治新聞播報，會比較容易理解內容。

⇥ 2. ICRT政治新聞高頻率字彙

🔲 實況例句

A

abstention
〔 æb'stɛnʃən 〕
n. 棄權

The vote on the resolution was 48 in favor, 56 against and 21 *abstentions*.
決議案的表決有四十八票贊成，五十六票反對，還有二十一票棄權。
【resolution〔ˌrɛzə'luʃən〕*n.* 決議案】

accord〔 ə'kɔrd 〕
n. (兩國間的) 條約；協定

The R.O.C. and Japan reached an *accord* on the issue.
中華民國與日本就這個議題達成協定。

adjourn〔 ə'dʒɝn 〕
v. 使休會；使延期

Congress *adjourned* for the summer.
國會夏季休會。
【congress〔'kɑŋgrəs〕*n.* 國會】

adopt〔 ə'dɑpt 〕
v. 採取；採用

Congress *adopted* the new measure.
國會採用了新措施。
【adopt 常會與另一個單字 adapt〔ə'dæpt〕*v.*「使適應」搞混，要特別注意】

advocate〔'ædvəkɪt 〕
n. 提倡者；擁護者

They are the *advocates* of Taipei mayoral election candidate Frank Xie.
他們是台北市長候選人謝長廷的擁護者。

aggravate
〔'æɡrə,vet〕
v. 加重；使惡化

China warned North Korea not to *aggravate* tensions.
中國警告北韓不要使關係更趨緊張。

aggression
〔ə'ɡrɛʃən〕
n. 侵略；攻擊

These bases will be urgently required to deter Communist *aggression*.
為阻止共黨入侵，我們迫切地需要這些基地。

agitate 〔'ædʒə,tet〕
v. 騷動；擾亂

The controversy is again *agitating* several university campuses.
這項爭論再度在幾所大學校園內造成騷動。

ally 〔ə'laɪ〕
n. 同盟國；同盟者
（多用複數形 allies）

England and Russia were *allies* in the Second World War.
英國和俄國在第二次世界大戰中是同盟國。

ambassador
〔æm'bæsədɚ〕
n. 大使

He was appointed *ambassador* to South Korea.
他被任命為駐南韓大使。

amendment
〔ə'mɛndmənt〕
n. 修正（案）

Alcohol was outlawed by an *amendment* to the Constitution.
憲法修正案宣布酒精是違法的。
【constitution 〔,kɑnstə'tjuʃən〕*n.* 憲法】

antimissile system
反飛彈系統

The U.S. has built an *antimissile system*.
美國已經建立一個反飛彈系統。

antipathy
〔æn'tɪpəθɪ〕
n. 憎惡；反感

Some people said that in the South white *antipathy* toward the African Americans is still strong. 有人說，在南方，白人對非裔美國人的憎惡仍然很強烈。

armed forces
武裝部隊

The U.S. will cut the ***armed forces*** by 220,000 men.
美國的武裝部隊將裁減二十二萬人。

artillery duel 砲戰

One officer was killed and four soldiers wounded in ***artillery duels*** across the Suez Canal.
在橫越蘇伊士運河的砲戰中，一名軍官戰死，四名士兵受傷。

assign 〔 ə'saɪn 〕
v. 分派；指定

Police were ***assigned*** to protect the consulate. 警察奉命保護領事館。
【consulate 〔'kɑnsḷɪt 〕 *n.* 領事館】

asylum 〔 ə'saɪləm 〕
n. 庇護；避難所

The United States granted ***asylum*** to the political refugees.
美國給予政治難民庇護。

authorize 〔'ɔθə,raɪz 〕
v. 准許

The U.S. will not ***authorize*** the entry of the North Koreans.
美國不會准許北韓入侵。

authorities
〔 ə'θɔrətɪz 〕
n. pl. 官方；當局

U.S. ***authorities*** refrained from comment.
美國官方不願意發表評論。

B

ballot 〔'bælət 〕
n. 選票

Many electors cast ***ballots*** in response to the emotional appeal.
許多選民依照情感上的訴求來投票。

besiege 〔 bɪˈsidʒ 〕
v. 包圍

An Iranian regiment has been *besieged* in Baghdad by Iraqi troops since November.
從十一月以來，伊朗軍隊就在巴格達被伊拉克的軍隊包圍。

bill 〔 bɪl 〕
n. 議案；法案

The House of Commons has passed the *bill*.
衆議院已經通過了這項法案。

biological weapon
（利用細菌等的）生化武器

Libya is said to be in possession of *biological weapons*.
據說利比亞軍隊握有生化武器。

body count
死亡人數

Success is measured almost by *body count*.
成功大多是根據死亡人數來判定的。

booby trap
詭雷（一觸即發的地雷）

A third of the casualties this year have been caused by *booby traps*.
詭雷今年造成了三分之一的傷亡。

bounty 〔ˈbaʊntɪ 〕
n. 獎勵金

The government would offer a *bounty* of $200,000 for the capture of the fugitive.
政府提供二十萬的獎金捉拿這名逃犯。

boycott 〔ˈbɔɪˌkɑt 〕
n. 聯合抵制

They put that production under a *boycott*.
他們聯合抵制該項產品。

brainwash
〔ˈbrenˌwɑʃ 〕 *v.* 洗腦

The prisoners were *brainwashed*.
這些囚犯被洗腦了。

break away
脫離

Rhodesia voted to *break away* from Britain and became a republic.
羅德西亞投票決定脫離英國，成爲共和國。

bureaucracy 〔 bjʊˈrɑkrəsɪ 〕 *n.* 官僚作風；官僚政治	The government and party ***bureaucracies*** were shattered. 政府及政黨的官僚作風被摧毀了。

C

cabinet〔ˈkæbənɪt 〕
n. 內閣

Our president has decided his new ***cabinet***.
我們的總統已經決定好他的新內閣人選了。

campaign
〔 kæmˈpen 〕
v. 參加競選

He announced that he would ***campaign*** for the Senate. 他宣佈將競選參議員。
【announce 〔 əˈnaʊns 〕*v.* 宣佈】

candidate
〔ˈkændəˌdet 〕
n. 候選人

He easily beat both the Republican and Democratic ***candidates***. 他輕而易舉地擊敗了共和黨及民主黨的候選人。
【Republican 〔 rɪˈpʌblɪkən 〕*adj.* 共和黨的
　Democratic 〔ˌdɛməˈkrætɪk 〕*adj.* 民主黨的】

caretaker
〔ˈkɛrˌtekɚ 〕
n. 管理人

The president asked the present cabinet to remain on as ***caretakers*** until the new cabinet is formed. 總統要求現任內閣繼續留任管理，直到新內閣成立。

cause〔 kɔz 〕
n. 理想；主張

The Americans are fighting for a just ***cause***.
美國人正在為正義公理而戰。

ceasefire〔ˈsisˌfaɪr 〕
n. 停戰

The Iraqis have agreed to an unconditional ***ceasefire***. 伊拉克人同意無條件停戰。

chemical weapon
化學武器

The U.S. has asked the United Nations to enforce the ban on *chemical weapons* with regard to Iraq. 美國已要求聯合國，強制禁止伊拉克使用化學武器。

CIA 美國中央情報局
(= *Central Intelligence Agency*)

The *CIA* admitted that it had no concrete evidence of the existence of weapons of mass destruction in Iraq.
美國中央情報局承認，它們沒有明確的證據證明伊拉克擁有大規模毀滅性武器。

coalition ﹝͵koə'lɪʃən﹞
n. 聯合；聯盟

The Democratic Party may form a *coalition* with the Republican Party after the elections.
民主黨在選後可能會與共和黨組織聯盟。

condemn ﹝kən'dɛm﹞
v. 責難；責備

Leaders of the Muslim community have *condemned* the attack on London. 回教地區的領導人譴責在倫敦所發生的攻擊事件。

conscientious objector
因反對殺戮而拒服兵役的反戰人士

Some *conscientious objectors* enter noncombat service.
有些反戰人士加入非戰的服務。
【conscientious objector 常簡稱爲 C.O.】

conspire ﹝kən'spaɪr﹞
v. 圖謀；陰謀

He was tried for *conspiring* against the President. 他因圖謀反叛總統而受審問。
【try﹝traɪ﹞*v.* 審判】

convene ﹝kən'vin﹞
v. 召開；召集

Congress will *convene* again this fall.
國會將於今年秋天再次召開會議。

convoy〔'kɑnvɔɪ〕
n. 護衛隊

In Thailand the streets were patrolled by a large *convoy* of armored cars and tank.
泰國街頭有大批由裝甲車和坦克所組成的護衛隊在巡邏。
【patrol〔pə'trol〕*v.* 巡邏】

council〔'kaʊnsḷ〕
n. 會議

The government will hold a *council* to discuss the proposal.
政府將開會討論這個提議。

counterdemonstration
〔'kaʊntɚ͵dɛmən'streʃən〕
n. 反示威活動

1000 young people organized a *counterdemonstration*.
一千名年輕人發動反示威活動。

counterrevolution
〔'kaʊntɚ͵rɛvə'luʃən〕
n. 反革命

The Israeli government crushed an alleged *counterrevolution* with military force.
以色列政府以軍事力量消滅疑似反革命的勢力。
【alleged〔ə'lɛdʒd〕*adj.* 可疑的】

coup〔ku〕
n. 政變

They were to carry out their attempted *coup* on December 7.
他們原本圖謀在十二月七日發動政變。

credentials
〔krɪ'dɛnʃəls〕*n.*
（授與赴任大使、公使的）
國書；證書

The new ambassador has presented his *credentials*.
新任大使已呈上他的證書。
【ambassador〔æm'bæsədɚ〕*n.* 大使】

curfew〔'kɝfju〕
n. 宵禁；戒嚴

The *curfew* in Baghdad was lifted.
在巴格達的宵禁解除了。

D

Democrat
〔'dɛmə,kræt 〕
n. 美國民主黨黨員

A ***Democrat*** wins Louisiana governor's race.
民主黨員在路易斯安那州州長的選戰中獲勝。
【與民主黨員相對的是 Republican，代表美國共和黨黨員】

depth charge (bomb)
深水炸彈

They dropped ***depth charges*** when they suspected a submarine in the vicinity.
他們懷疑附近可能有潛水艇出沒，因而投下深水炸彈。
【vicinity 〔 və'sɪnətɪ 〕 *n.* 附近】

desertion 〔 dɪ'zɝʃən 〕
n. 逃亡

There were threats of mass ***desertion*** among draftees in the U.S. armed services.
美國軍隊面臨應徵入伍者大量逃亡的威脅。
【draftee 〔 dræf'ti 〕 *n.* 應徵入伍者】

deterrent 〔 dɪ'tɝrənt 〕
n. 嚇阻力；制止物

The hydrogen bomb is no longer a ***deterrent***.
氫彈不再具有嚇阻力。

diplomatic
〔,dɪplə'mætɪk 〕
adj. 外交的；外交人員的

One of Taiwan's ***diplomatic*** allies in South America is Costa Rica.
哥斯大黎加是台灣在南美洲的邦交國之一。

domination
〔,dɑmə'neʃən 〕
n. 統治；支配

They are independent of U.S. ***domination***.
他們不受美國的統治。
【domination 為不可數名詞，因此不可加 s】

dove〔dʌv〕*n.*
主和派人士

The ***doves*** are beginning to outnumber the hawks.
主和派的人數開始多於主戰派。
【hawk〔hɔk〕*n.* 鷹派人物；主戰派】

down〔daʊn〕*v.* 擊落

Three Syrian jets were ***downed***.
三架敘利亞的噴射機被擊落。

E・F

election〔ɪˈlɛkʃən〕
n. 選舉

The parliamentary ***election*** will take place in May. 國會選舉將在五月舉行。
【parliamentary〔ˌpɑrləˈmɛntərɪ〕*adj.* 國會的】

endorse〔ɪnˈdɔrs〕
v. 贊同；認可

Many senators ***endorsed*** the new bill.
很多參議員贊同這個新法案。

enfranchise
〔ɛnˈfræntʃaɪz〕
v. 給予公民投票權

The voting rights act ***enfranchised*** thousands of Southern blacks. 選舉權法使得南方數千名黑人擁有公民投票權。

envoy〔ˈɛnvɔɪ〕
n. 外交使節

Envoys from China and South Korea will meet to discuss disarmament. 中國和南韓的使節將開會討論裁軍事宜。

erupt〔ɪˈrʌpt〕*v.* 爆發

Violence ***erupted*** between black and white students. 黑人與白人學生爆發暴力事件。

escalate〔ˈɛskəˌlet〕
v. 逐漸擴大

Any limited war could rapidly ***escalate*** into a full-scale war. 任何局部戰爭都可能迅速擴大成全面性的戰爭。

estimate 〔'ɛstə,met 〕
v. 估計

The police **estimated** the number of demonstrators at about 3,000.
警方估計示威遊行者大約有三千人。

expansion
〔 ɪk'spænʃən 〕
n.（領土等的）擴張

The U.S. will block Russian **expansion** to the west.
美國將阻止蘇俄向西方擴張。

expropriate
〔 ɛks'proprɪ,et 〕
v. 徵收；沒收

The Uganda revolutionary government **expropriated** the land of large estate holders.
烏干達革命政府沒收大地主的土地。

force 〔 fɔrs 〕
n. 軍隊；兵力

A U.N. peacekeeping **force** was sent to that country.
一支聯合國和平部隊被派往那個國家。

G

garner 〔'gɑrnɚ 〕
v. 獲得

The Democratic Party **garnered** a total of 103 seats.
民主黨總共獲得一百零三個席次。

ghetto 〔'gɛto 〕
n. 黑人區；貧民街

A **ghetto** is always a volcano—and Harlem is the biggest **ghetto** in the world.
黑人區總是像座火山，而哈林區是世界上最大的黑人區。

global war
全球性戰爭

A small incident might lead to a **global war**.
一件小事就有可能會導致一場全球性戰爭。

GOP
美國共和黨的別稱
（＝ *Grand Old Party*）

He thinks the *GOP* shouldn't remain in power.
他認為共和黨不應該繼續執政。

government
〔'gʌvənmənt 〕
n. 政府

Americans prefer democratic *government*.
美國人比較喜歡民主政府。

graft 〔 græft 〕
n. 貪污；受賄

Graft has made many an official rich at the expense of the people.
貪污使許多官員變有錢，但卻犧牲了人民。

grenade 〔 grɪ'ned 〕
n. 手榴彈

Seven people were wounded in Beirut *grenade* attack.
有七個人在貝魯特的手榴彈攻擊中受傷。

ground troops
地面部隊

The U.S. has moved its *ground troops* out of Argentina.
美國已撤離在阿根廷的地面部隊。

H

halt 〔 hɔlt 〕
v. 停止

Iran refuses to *halt* its nuclear activities.
伊朗拒絕停止與核子有關的活動。

hawk
〔 hɔk 〕
n. 主戰派

The *hawks* are against the immediate pullout of combat troops.
主戰派反對立即將戰鬥部隊撤離。

hawkish 〔'hɔkɪʃ 〕
adj. 主戰派的

Hawkish opinions are prevalent.
主戰派的意見很普遍。

hot line
熱線（危急時立即直撥
聯絡的通訊設施）

A *hot line* has been set up between Beijing and Washington.
北京和華盛頓已設立熱線。

hostile 〔'hɑstl 〕
adj. 敵人的；敵方的

The city was surrounded by *hostile* troops.
這個城市已被敵軍包圍。

the House
n. 美國的衆議院

The House gave final Congressional approval to the anti-crime bill.
美國衆議院終於批准反犯罪法案。
【approval 〔 ə'pruvl 〕*n.* 贊同；認可】

I · J · K

inactivate
〔 ɪn'æktə,vet 〕
v. 停止運作；使不活潑

The nuclear reactor has been *inactivated* due to a leak.
這個核子反應爐因外洩而停止使用。

inquiry 〔 ɪn'kwaɪrɪ 〕
n. 調查

Inspectors are making *inquiries* into the matter of the missing money.
檢查員正在調查錢不見的事。

insurgent
〔 ɪn'sɝdʒənt 〕
n. 暴動者；叛亂者

Suspected *insurgents* killed one in Thailand.
涉嫌叛亂者在泰國殺死一個人。

interrogation
〔 ɪn,tɛrə'geʃən 〕
n. 審問；質問

The *interrogation* of the suspect was useless; he refused to talk.
質問這名嫌犯沒用，因爲他拒絕談話。

intrude 〔 ɪn'trud 〕
v. 侵入

North Korea shot down a U.S. helicopter which it said had ***intruded*** deep into North Korean territory. 北韓擊落一架美國直昇機，因為據說那架直昇機侵入北韓領土內部。

invade 〔 ɪn'ved 〕
v. 侵略

The Iraqis ***invaded*** Kuwait last August. 伊拉克軍隊去年八月入侵科威特。

involvement
〔 ɪn'vɑlvmǝnt 〕 *n.* 介入

Many countries continue to protest U.S. ***involvement*** in the Middle East crisis. 許多國家持續抗議美國介入中東危機。

junta 〔'dʒʌntǝ 〕 *n.*
（政變之後的）軍事
政府；臨時政府

The ***junta*** will be composed of hard-line supporters of the General. 臨時政府將由支持將軍的強硬作風派組成。

kill 〔 kɪl 〕 *n.* 殺戮

There was never certain proof that the government made a ***kill*** in Pakistan. 從沒有確切的證據證明政府在巴基斯坦大開殺戒。

L

landslide
〔'lænd,slaɪd 〕 *n.* （選舉
的）壓倒性勝利

The former poet has won the presidential election by a ***landslide***. 這位昔日的詩人在總統大選中獲得壓倒性的勝利。

legislature
〔'lɛdʒɪs,letʃǝ 〕
n. 立法機關

She was an outstanding member of the ***legislature***. 她是立法機關的傑出成員。

live up to
達到；遵循

The peace treaty does not *live up to* the promises of the delegates.
這個和平條約並沒有符合使節之間的承諾。
【delegate〔'dɛlə͵get〕*n.* 代表；使節】

loot〔lut〕*n.*
戰利品；贓物

The robbers filled their cars with *loot*.
強匪的車裡裝滿了贓物。

lynching〔'lɪntʃɪŋ〕
n. 處私刑

The U.S. Civil Rights Commission counted 2,595 *lynchings* of blacks in Southern states between 1882 and 1959. 美國公民權委員會統計，在一八八二年到一九五九年之間，南方各州有兩千五百九十五個黑人被處以私刑。

M · N

majority
〔mə'dʒɔrətɪ〕
n. 多數黨；過半數

The K.M.T. became the *majority* party in the election.
國民黨在這次選舉中變成了多數黨。

martial law
戒嚴令

He proclaimed *martial law* throughout Vietnam. 他對整個越南下達戒嚴令。

massacre
〔'mæsəkɚ〕
n. 大屠殺

Thousands of soldiers took part in the *massacre* in Teheran.
有數千名士兵參與在德黑蘭的大屠殺。

mediate〔'midɪ͵et〕
v. 調停

The President of the United States attempted to *mediate* the Middle East problem. 美國總統試圖調停中東問題。

military base
軍事基地

307 *military bases* will be shut down or downsized to save about 609 million dollars in annual spending.
有三百零七座軍事基地將被關閉或裁減，因爲這樣每年可節省大約六億九百萬美元的支出。

mop up 掃蕩；肅清

The Syrian guerrillas *mopped up* the enemy-held town.
敘利亞游擊隊掃蕩被敵軍佔領的城鎮。

Muslim 〔ˈmʌzləm〕
n. 穆斯林；回教徒

A *Muslim* is an adherent of Islam.
穆斯林是指伊斯蘭敎的敎徒。

national referendum
公民投票

He will seek a *national referendum* for the Constitutional amendment.
他試圖尋求公民投票來通過憲法修正案。

negotiation
〔nɪˌgoʃɪˈeʃən〕
n. 談判；協商

Territory *negotiations* are still going on.
領土談判仍在進行。

nomination
〔ˌnɑməˈneʃən〕
n. 提名

He lost the Republican Party's *nomination* in June.
他未能獲得共和黨六月的提名。

nuclear test ban treaty
禁止核子試爆條約

A partial *nuclear test ban treaty* has already come into effect.
一項局部禁止核子試爆的條約已生效。

offensive 〔əˈfɛnsɪv〕
n. 攻擊

A new Terrorist *offensive* is probable.
恐怖份子可能採取新的攻勢。

O · P

opponent

〔 ə'ponənt 〕 *n.* 對手

He defeated his *opponent* in the election.
他打敗對手贏得選舉。

peace talks
和平會談

The *peace talks* are at a dead end.
和平會談陷入僵局。【 *dead end*　僵局；絕境 】

plunderer

〔 'plʌndərə 〕

n. 掠奪者；盜賊

The *plunderers* smashed and burned almost
everything indiscriminately.
這批盜賊任意破壞並焚毀所有東西。
【 indiscriminately 〔 ˌɪndɪ'skrɪmənɪtlɪ 〕 *adv.*
　任意地 】

plurality

〔 plu'rælətɪ 〕

n. 相對多數

The LDP wrested the *plurality* in the
assembly from the Socialists.
自民黨從社會黨手中奪回在議會的多數黨地
位。【 assembly 〔 ə'sɛmblɪ 〕 *n.* 議會 】

policy statement
施政方針演說

A *policy statement* will be issued later this
evening.
今天稍晚將發表一項施政方針演說。

political 〔 pə'lɪtɪkl̩ 〕

adj. 政治的；政治上的

The *political* situation in the Philippines has
become more and more chaotic.
菲律賓的政治情勢越來越混亂。
【 chaotic 〔 ke'ɑtɪk 〕 *adj.* 混亂的 】

poll 〔 pol 〕

n. 民意調查；投票結果

The *poll* showed more than 50 percent
support the prime minister. 民意調查顯示超
過百分之五十的人民支持首相。

prejudice

〔'prɛdʒədɪs 〕

n. 偏見

I personally deeply believe that most Americans have a ***prejudice*** against African Americans.

我個人深信大部分美國人都對非裔美國人存有偏見。

presidency

〔'prɛzədənsɪ 〕 *n.*

總統的職位（任期）

Chen Shui-bian was campaigning for the ***presidency***.

陳水扁當時正在競選總統。

probe 〔 prob 〕

n. 徹底調查

Congress will conduct a ***probe*** into the question of tax avoidance by government officials.

國會將徹查有避稅問題的政府官員。

protectorate

〔 prə'tɛktərɪt 〕

n. 受保護領地

The island is a French ***protectorate***.

這個島嶼是法國的領地。

protocol 〔'protə‚kɑl 〕

n. 議定書；條約草案

The chief delegates of the two countries signed a ***protocol*** regarding agreements to improve the shipping situation on the border rivers. 兩國的主要代表簽署一份議定書，協議改善兩國界河的航運狀況。

public opinion 輿論

American ***public opinion*** has favored alternatives to the death penalty.

美國輿論支持死刑以外的刑罰選擇。

pullout 〔'pul‚aut〕

n. 撤軍

Officials promised a ***pullout*** of troops by the end of the year.

官員們承諾軍隊會在年底撤軍。

purge 〔 pɝdʒ 〕
n. 整肅；開除

The party carried out a ***purge*** of disloyal members.
這個政黨開除了不忠的黨員。

ℝ

race riot
種族暴動

There is a gigantic ***race riot*** brewing in South Africa.
南非正醞釀著大規模的種族暴動。
【 brew 〔 bru 〕 *v.* 醞釀 】

racial barrier
種族隔閡

The lowering of ***racial barriers*** was hastened by the war.
戰爭可以加速削弱種族隔閡。

racial bias
種族偏見

39 percent of whites admit the existence of ***racial bias***.
百分之三十九的白人承認種族偏見的存在。

raid 〔 red 〕
n. 突擊；襲擊

Commandos made another ***raid*** on the west coast. 突擊隊在西岸發動了另一次襲擊。
【 commando 〔 kə'mændo 〕 *n.* 突擊隊 】

ravage 〔 'rævɪdʒ 〕
n. 破壞；荒廢

The land has been ***ravaged*** by flood.
這片土地已遭洪水破壞。

rebel 〔 rɪ'bɛl 〕
v. 反抗；背叛

The people ***rebelled*** and overthrew the government.
人民起而反抗並推翻政府。
【 當名詞時作「造反者」解，讀作〔 'rɛbl̩ 〕】

recess〔rɪˈsɛs〕
v. 休會

The plenary meeting opened at 7 p.m. and *recessed* 30 minutes later.
大會在晚上七點開始，並於三十分鐘後休會。
【plenary〔ˈplinərɪ〕*adj.* 全體出席的】

redeployment
〔ˌridɪˈplɔɪmənt〕
n.（軍隊的）調防；重新部署

A few units will depart Afghanistan in this *redeployment.*
在這次的軍隊調防中，有些部隊會離開阿富汗。
【unit〔ˈjunɪt〕*n.* 部隊】

refugee〔ˌrɛfjuˈdʒi〕
n. 難民；流亡者

Political *refugees* often seek asylum in the west.
政治難民常常尋求西方國家的庇護。

reject〔rɪˈdʒɛkt〕
v. 拒絕；不受理

The court has *rejected* the appeal of the dissidents. 法庭駁回了異議份子的上訴。
【dissident〔ˈdɪsədənt〕*n.* 持不同意見的人】

representation
〔ˌrɛprɪzɛnˈteʃən〕
n. 代表

Representations on our behalf will be made in the closed-door meeting.
這次的秘密會議將決定我方的代表團。
【*on one's behalf* 作⋯的代表】

resolve〔rɪˈzɑlv〕
v. 投票決定；議決

The Congress *resolved* to oppose the new highway.
國會投票否決新的公路。

riot〔ˈraɪət〕
n. 暴動

The police stopped several *riots* on election night.
警察在選舉之夜制止了幾次暴動事件。
【如當動詞用，作「發動暴動」解】

rocket (ˈrɑkɪt)
n. 飛彈；火箭

Rocket hits an Afghan house and 13 persons died.
飛彈襲擊阿富汗的一棟房子，造成十三人死亡。

rout (raʊt)
v. 驅散；擊潰

The police *routed* Harlem rioters.
警察驅散哈林區的暴徒。

run (rʌn)
v. 推舉（候選人）

The Socialist Party will *run* three candidates in the election.
社會黨這次選舉將推舉三位候選人。

S

sanction (ˈsæŋkʃən)
n. 國際制裁

Economic *sanctions* prevent the country from exporting its goods.
經濟制裁將使這個國家無法出口貨品。

seat (sit)
n. （議員等的）席次；
席位

The Liberal Democratic Party got only 24 *seats*.
自民黨只獲得二十四個席次。

scrutiny (ˈskrutn̩ɪ)
n. 調查

The legislators involved in the scandal are now under *scrutiny*.
被捲入這件醜聞的立法委員正在接受調查。
【involve (ɪnˈvɑlv) *v.* 捲入；牽涉】

security treaty
安全公約

The two governments plan to maintain their *security treaty* for many years.
兩國政府計畫長年維持安全公約。

seethe〔sið〕
v. 沸騰；騷動

Black college campuses in South Africa
seethed with anger.
南非黑人大學校園裡的怒氣沸騰。

Senate〔'sɛnɪt〕
n. 參議院

The President has asked the *Senate* to ratify
the new treaty.
總統要求參議院批准這項新條約。
【ratify〔'rætə,faɪ〕*v.* 批准】

shelter〔'ʃɛltɚ〕
n. 防空洞；壕溝

Lebanon should build more air-raid
shelters. 黎巴嫩應該建造更多的防空洞。
【air-raid〔'ɛr,red〕*adj.* 空襲的】

shoot down
擊落

The enemy plane was *shot down*
immediately.
敵人的飛機馬上就被擊落了。

showdown
〔'ʃo,daʊn〕*n.*
決定性階段；緊要關頭

The bill came to a *showdown* in the House
of Representatives.
這項法案在衆議院已經到了決定性的階段。
【representative〔,rɛprɪ'zɛntətɪv〕*n.* 衆議員】

stance〔stæns〕
n. 立場；態度

The president took a defensive *stance*
with regard to the criticism of his
administration.
總統對於有關內閣的批評採取保守態度。
【administration〔əd,mɪnə'streʃən〕*n.* 內閣】

standing vote
起立表決

He immediately put the bill to a *standing
vote.* 他立刻採取起立的方式來表決該法案。

statesmanship
(ˈstetsmən,ʃɪp)
n. 政治手腕

The negotiation demands *statesmanship* with vision.
這次協商需要有遠見的政治手腕。

station (ˈsteʃən)
v. 使駐紮；部署

About 540,000 American servicemen are *stationed* in Malta.
大約有五十四萬名美國軍人駐紮在馬爾他。

strategic
(strəˈtidʒɪk)
adj. 戰略上的

Strategic bombing is a military strategy often used in war.
戰略轟炸是一種常用於戰爭中的軍事策略。

T．U

terrorism
(ˈtɛrə,rɪzəm)
n. 恐怖主義

The 9/11 terrorist attack brought the reality of modern *terrorism* home to the American people.　9/11 恐怖攻擊使美國人民深切體悟到了現代恐怖主義存在的事實。
【*bring…home to sb.* 使某人深切體悟到…】

ticket (ˈtɪkɪt)
n. (政黨提名的) 候選人名單

The whole Republican *ticket* was returned.
共和黨已經呈報了它們提名的所有候選人名單。

touch off 引起

The murder *touched off* violent riots.
這件謀殺案引起了暴動。

treaty (ˈtritɪ)
n. 條約；協定

The news said that the government has signed a *treaty* with Japan.
新聞報導說政府已經與日本簽約了。

trigger〔'trɪgɚ〕
v. 引發

The Detroit riots *triggered* a spree of arson and looting.
底特律暴動引發瘋狂縱火與搶劫。
【spree〔spri〕*n.* 無節制的狂熱行為】

troubleshooter
〔'trʌbl͵ʃutɚ〕
n. 調解紛爭的專家

Mr. Simon is the President's top diplomatic *troubleshooter*.
賽門先生是總統身邊一流的外交紛爭調解專家。

truce〔trus〕
n. 停戰；休戰

The two countries agreed to a *truce*.
這兩個國家同意停戰。

unconstitutional
〔͵ʌnkɑnstə'tjuʃənl̩〕
adj. 違憲的

Racial discrimination is *unconstitutional*.
種族歧視是違憲的。
【discrimination〔dɪ͵skrɪmə'neʃən〕*n.* 歧視】

V · W

veto〔'vito〕*n.*
（總統、政府首長等的）
否決權

The president's *veto* kept the bill from becoming a law.
總統行使否決權，使得該議案無法成為法律。

voter〔'votɚ〕
n. 投票人；選舉人

Television has become the major medium for reaching *voters*.
電視已成為接觸投票人的主要傳播媒體。
【medium〔'midɪəm〕*n.* 媒體】

war clouds
戰雲；戰爭的氣氛

War clouds are gathering in Iraq.
伊拉克戰雲密佈。

war criminal
戰犯

They will be prosecuted as *war criminals*.
他們將以戰犯的身分被起訴。
【prosecute〔ˈprɑsɪˌkjut〕v. 起訴】

withdraw〔wɪðˈdrɔ〕
v. 取消；撤回

That motion was *withdrawn*.
那項動議被撤銷了。
【motion〔ˈmoʃən〕n. 提案；動議】

wound〔wund〕
v. 受傷

The attack left four soldiers dead and
thirteen *wounded*.
這次攻擊使四名士兵死亡，十三名士兵人受傷。

wrap up
結束（行程；訪問）
（＝*wind up*）

Singapore's Prime Minister *wrapped up* his
three-day visit.
新加坡總理結束了三天的訪問行程。

▶ 各國元首出外訪問是國際間的大事，所以此類新聞出
現的頻率特別高。

➡ 3.ICRT政治新聞常用字彙

必背動詞

☐ **abate**〔ə'bet〕*v.* 廢止；減退
☐ **abide by** 遵守
☐ **accuse**〔ə'kjuz〕*v.* 控告
☐ **address**〔ə'drɛs〕*v.* 提出；向…發表演說
☐ **adhere to** 遵守；堅持

☐ **adjust**〔ə'dʒʌst〕*v.* 調整；適應
☐ **affect**〔ə'fɛkt〕*v.* 影響
☐ **affirm**〔ə'fɝm〕*v.* 肯定；確信
☐ **aid**〔ed〕*v.* 幫助；援助
☐ **anticipate**〔æn'tɪsə,pet〕*v.* 盼望

☐ **attempt**〔ə'tɛmpt〕*v.* 企圖；試圖
☐ **balk**〔bɔk〕*v.* 使受挫；阻礙
☐ **ban**〔bæn〕*v.* 下令禁止
☐ **boycott**〔'bɔɪ,kɑt〕*v.* 聯合抵制
☐ **call on** 訪問；要求

☐ **carry out** 執行
☐ **claim**〔klem〕*v.* 聲稱
☐ **coincide**〔,koɪn'saɪd〕*v.* 巧合；一致
☐ **commemorate**〔kə'mɛmə,ret〕*v.* 紀念
☐ **communicate**〔kə'mjunə,ket〕*v.* 傳達；聯絡

☐ **concede**〔kən'sid〕v. 承認
☐ **contradict**〔,kɑntrə'dɪkt〕v. 否認；反駁
☐ **convey**〔kən've〕v. 輸送；傳達
☐ **convince**〔kən'vɪns〕v. 使…確信
☐ **counter**〔'kaʊntɚ〕v. 反擊；對抗

☐ **crack down** 制裁；懲罰
☐ **create**〔krɪ'et〕v. 創造
☐ **cripple**〔'krɪpl̩〕v. 使變成無用；使殘廢
☐ **deal with** 處理
☐ **declare**〔dɪ'klɛr〕v. 宣告

☐ **decline**〔dɪ'klaɪn〕v. 拒絕；衰退
☐ **delay**〔dɪ'le〕v. 耽誤
☐ **deplore**〔dɪ'plor〕v. 哀悼；指責
☐ **deteriorate**〔dɪ'tɪrɪə,ret〕v. 惡化；退化
☐ **disclose**〔dɪs'kloz〕v. 揭發

☐ **display**〔dɪ'sple〕v. 展開
☐ **dissolve**〔dɪ'zɑlv〕v. 解散；溶解
☐ **dissuade**〔dɪ'swed〕v. 勸阻
☐ **distinguish**〔dɪ'stɪŋgwɪʃ〕v. 區別
☐ **ease up** 減緩；緩和

☐ **encourage**〔ɪn'kɝɪdʒ〕v. 鼓勵
☐ **engage**〔ɪn'gedʒ〕v. 保證；從事
☐ **entitle**〔ɪn'taɪtl̩〕v. 給予名稱；給…權力
☐ **embargo**〔ɪm'bɑrgo〕v. 禁運
☐ **evaluate**〔ɪ'væljʊ,et〕v. 評價
☐ **evoke**〔ɪ'vok〕v. 召喚；引起
☐ **exceed**〔ɪk'sid〕v. 超過

☐ **exclude**〔ɪk'sklud〕*v.* 拒絕;排除
☐ **execute**〔'ɛksɪ,kjut〕*v.* 執行
☐ **forecast**〔for'kæst〕*v.* 預測;預報
☐ **forgo**〔fɔr'go〕*v.* 放棄;拋棄
☐ **grab**〔græb〕*v.* 抓住;搶奪

☐ **grasp**〔græsp〕*v.* 緊握
☐ **highlight**〔'haɪ,laɪt〕*v.* 使顯著;強調
☐ **identify**〔aɪ'dɛntə,faɪ〕*v.* 支持;確認
☐ **ignore**〔ɪg'nor〕*v.* 忽略
☐ **investigate**〔ɪn'vɛstə,get〕*v.* 調查;研究

☐ **launch**〔lɔntʃ〕*v.* 開始;發射
☐ **leave for**~ 啓程前往~
☐ **misunderstand**〔,mɪsʌndə'stænd〕*v.* 誤會
☐ **obstruct**〔əb'strʌkt〕*v.* 妨礙
☐ **organize**〔'ɔrgən,aɪz〕*v.* 組織;發起

☐ **overemphasize**〔,ovə'ɛmfəsaɪz〕*v.* 過分強調
☐ **plead**〔plid〕*v.* 辯護;懇求
☐ **pledge**〔plɛdʒ〕*v.* 宣示;保證
☐ **pose**〔poz〕*v.* 提出(要求)
☐ **press**〔prɛs〕*v.* 施加壓力

☐ **pretend**〔prɪ'tɛnd〕*v.* 假裝;覬覦
☐ **probe**〔prob〕*v.* 探索;調查
☐ **prohibit**~**from**~ 阻止~
☐ **prolong**〔prə'lɔŋ〕*v.* 延長
☐ **promote**〔prə'mot〕*v.* 使升級;促進
☐ **provide**〔prə'vaɪd〕*v.* 供給

☐ **quote** 〔 kwot 〕 *v.* 引用

☐ **ratify** 〔'rætə,faɪ 〕 *v.* 批准；認可

☐ **reaffirm** 〔,riə'fɜm 〕 *v.* 重申；再肯定

☐ **recognize** 〔'rɛkəg,naɪz 〕 *v.* 承認；認識

☐ **reflect** 〔 rɪ'flɛkt 〕 *v.* 反映；反省

☐ **refuse** 〔 rɪ'fjuz 〕 *v.* 拒絕

☐ **reiterate** 〔 ri'ɪtə,ret 〕 *v.* 重申

☐ **remark** 〔 rɪ'mɑrk 〕 *v.* 評論；述及

☐ **replace** 〔 rɪ'ples 〕 *v.* 放回；代替

☐ **reserve** 〔 rɪ'zɜv 〕 *v.* 保留；延期

☐ **restrict** 〔 rɪ'strɪkt 〕 *v.* 限制

☐ **result in** 導致；終歸

☐ **set up** 設立；設置

☐ **shift** 〔 ʃɪft 〕 *v.* 移動

☐ **specify** 〔'spɛsə,faɪ 〕 *v.* 指定；詳細敘述

☐ **stress** 〔 strɛs 〕 *v.* 強迫；壓迫

☐ **submit** 〔 səb'mɪt 〕 *v.* 使屈服；使順從

☐ **suffer** 〔'sʌfə 〕 *v.* 遭受；受苦

☐ **tackle** 〔'tækl̩ 〕 *v.* 處理；解決

☐ **tender** 〔'tɛndə 〕 *v.* 提出；提供

☐ **touch on** 涉及；提到

☐ **typify** 〔'tɪpə,faɪ 〕 *v.* 代表；象徵

☐ **undergo** 〔,ʌndə'go 〕 *v.* 經歷；忍受

☐ **underline** 〔,ʌndə'laɪn 〕 *v.* 強調

☐ **unveil** 〔 ʌn'vel 〕 *v.* 揭露

☐ **urge** 〔 ɜdʒ 〕 *v.* 催促；力勸

☐ **value**〔'væljʊ〕v. 評價;重視
☐ **vow**〔vaʊ〕v. 為…立誓
☐ **woo**〔wu〕v. 追求;懇求
☐ **wrangle**〔'ræŋgl̩〕v. 爭論

必背名詞

☐ **abuse**〔ə'bjus〕n. 濫用;誤用
☐ **activist**〔'æktɪvɪst〕n. 行動主義者
☐ **agenda**〔ə'dʒɛndə〕n. 議程;主題
☐ **alternative**〔ɔl'tɜnətɪv〕n. 兩者擇一;選擇的事物
☐ **anniversary**〔͵ænə'vɜsərɪ〕n. 週年紀念日

☐ **appeal**〔ə'pil〕n. 懇求;訴諸於(法律、武力等)
☐ **appreciation**〔ə͵priʃɪ'eʃən〕n. 評價;感激;欣賞
☐ **at risk** 冒險
☐ **Boeing 747** 波音七四七客機
☐ **blast**〔blæst〕n. 爆炸

☐ **breakdown**〔'brek͵daʊn〕n. 毀壞;崩潰
☐ **breakthrough**〔'brek͵θru〕n. 突破
☐ **bulk**〔bʌlk〕n. 大量
☐ **camp**〔kæmp〕n. 俘虜營
☐ **candidate**〔'kændə͵det〕n. 候選人

☐ **caucus**〔'kɔkəs〕n. 幹部會議
☐ **caution**〔'kɔʃən〕n. 謹慎;小心
☐ **ceremony**〔'sɛrə͵monɪ〕n. 典禮
☐ **charisma**〔kə'rɪzmə〕n. 領袖氣質;個人魅力
☐ **commentator**〔'kɑmən͵tetə〕n. 評論者

☐ **commitment**（kə'mɪtmənt）*n.* 承諾；約定
☐ **committee**（kə'mɪtɪ）*n.* 委員會
☐ **concept**（'kansɛpt）*n.* 觀念
☐ **constituency**（kən'stɪtʃuənsɪ）*n.* 選區
☐ **consultation**（ˌkansḷ'teʃən）*n.* 請教

☐ **contract**（'kantrækt）*n.* 合約；契約
☐ **crisis**（'kraɪsɪs）*n.* 危機
☐ **criticism**（'krɪtəˌsɪzəm）*n.* 評論；批評
☐ **delegate**（'dɛləˌget）*n.* 代表；使節；議會代表
☐ **democracy**（də'makrəsɪ）*n.* 民主政治

☐ **dispute**（dɪ'spjut）*n.* 辯論
☐ **distribution**（ˌdɪstrə'bjuʃən）*n.* 分配
☐ **document**（'dakjəmənt）*n.* 公文
☐ **editorial**（ˌɛdə'torɪəl）*n.* 社論
☐ **electorate**（ɪ'lɛktərɪt）*n.* 選民

☐ **emergence**（ɪ'mɝdʒəns）*n.* 出現
☐ **exhibition hall** 博覽會會場
☐ **experiment**（ɪk'spɛrəmənt）*n.* 試驗
☐ **faction**（'fækʃən）*n.* 黨派；派系
☐ **feasibility**（ˌfizə'bɪlətɪ）*n.* 可行性

☐ **formality**（fɔr'mælətɪ）*n.* 儀式；拘泥形式
☐ **fund**（fʌnd）*n.* 基金
☐ **gap**（gæp）*n.*（意見等的）歧異
☐ **generation**（ˌdʒɛnə'reʃən）*n.* 一代
☐ **gratitude**（'grætəˌtjud）*n.* 感激
☐ **gravity**（'grævətɪ）*n.* 嚴重；重大；重力

- [ ] **hatred**〔ˈhetrɪd〕*n.* 憎恨；敵意
- [ ] **hotbed**〔ˈhɑtˌbɛd〕*n.* 溫床
- [ ] **human right** 人權
- [ ] **image**〔ˈɪmɪdʒ〕*n.* 形象
- [ ] **impact**〔ˈɪmpækt〕*n.* 影響；衝突

- [ ] **in aid to** 幫助
- [ ] **inclination**〔ˌɪnkləˈneʃən〕*n.* 傾向
- [ ] **in compliance with** 順從
- [ ] **information**〔ˌɪnfɚˈmeʃən〕*n.* 消息
- [ ] **insider**〔ɪnˈsaɪdɚ〕*n.* 知道內幕的人

- [ ] **insistence**〔ɪnˈsɪstəns〕*n.* 堅持
- [ ] **inspection**〔ɪnˈspɛkʃən〕*n.* 調查
- [ ] **interview**〔ˈɪntɚˌvju〕*n.* 會見
- [ ] **issue**〔ˈɪʃjʊ〕*n.* 問題；爭論
- [ ] **letup**〔ˈlɛtˌʌp〕*n.* 停止；減弱

- [ ] **lineup**〔ˈlaɪnˌʌp〕*n.* 陣容；結構
- [ ] **maintain**〔menˈten〕*n.* 維持；保持
- [ ] **message**〔ˈmɛsɪdʒ〕*n.* 消息；報告
- [ ] **National Day** 國慶日
- [ ] **omen**〔ˈomən〕*n.* 徵兆

- [ ] **organization**〔ˌɔrgənəˈzeʃən〕*n.* 組織
- [ ] **peninsula**〔pəˈnɪnsələ〕*n.* 半島
- [ ] **personnel**〔ˌpɝsn̩ˈɛl〕*n.* 人員【集合名詞】
- [ ] **post**〔post〕*n.* 職位；（軍隊的）駐紮地
- [ ] **precaution**〔prɪˈkɔʃən〕*n.* 預防
- [ ] **pre-condition**〔ˌprikənˈdɪʃən〕*n.* 先決條件；前提

- [ ] **priority** 〔 praɪˈɔrətɪ 〕 *n.* 優先權
- [ ] **procedure** 〔 prəˈsidʒɚ 〕 *n.* 程序
- [ ] **pronouncement** 〔 prəˈnaʊnsmənt 〕 *n.* 發佈；判決
- [ ] **prospect** 〔ˈprɑspɛkt 〕 *n.* 期待；希望
- [ ] **prosperity** 〔 prɑsˈpɛrətɪ 〕 *n.* 繁榮

- [ ] **replacement** 〔 rɪˈplesmənt 〕 *n.* 代替
- [ ] **researcher** 〔 rɪˈsɝtʃɚ 〕 *n.* 研究者
- [ ] **residence** 〔ˈrɛzədəns 〕 *n.* 居住；住宅
- [ ] **resignation** 〔ˌrɛzɪgˈneʃən 〕 *n.* 辭職；放棄
- [ ] **restraint** 〔 rɪˈstrent 〕 *n.* 抑制；限制

- [ ] **resumption** 〔 rɪˈzʌmpʃən 〕 *n.* 重新開始；繼續
- [ ] **security** 〔 sɪˈkjʊrətɪ 〕 *n.* 安全
- [ ] **setback** 〔ˈsɛtˌbæk 〕 *n.* 挫折
- [ ] **short cut** 捷徑
- [ ] **socialist** 〔ˈsoʃəlɪst 〕 *n.* 社會主義者

- [ ] **source** 〔 sors 〕 *n.* （有關當局的）消息或資料來源
- [ ] **spectator** 〔 spɛkˈtetɚ 〕 *n.* 旁觀者；觀眾
- [ ] **speculation** 〔ˌspɛkjəˈleʃən 〕 *n.* 投機；猜測
- [ ] **stalemate** 〔ˈstelˌmet 〕 *n.* 僵持狀態
- [ ] **superpower** 〔ˌsupɚˈpaʊɚ 〕 *n.* 超級強國

- [ ] **surroundings** 〔 səˈraʊndɪŋz 〕 *n. pl.* 環境
- [ ] **suspension** 〔 səˈspɛnʃən 〕 *n.* 中止
- [ ] **thrill** 〔 θrɪl 〕 *n.* 刺激；（因恐怖而）戰慄
- [ ] **treason** 〔ˈtrizn̩ 〕 *n.* 叛國；謀反
- [ ] **thrust** 〔 θrʌst 〕 *n.* 攻擊

- [ ] **uprising**〔ˋʌpˏraɪzɪŋ〕 *n.* 暴動；起義
- [ ] **venture**〔ˋvɛntʃɚ〕 *n.* 冒險
- [ ] **verification**〔ˏvɛrɪfɪˋkeʃən〕 *n.* 證實
- [ ] **victim**〔ˋvɪktɪm〕 *n.* 犧牲（者）；受害者
- [ ] **warrant**〔ˋwɔrənt〕 *n.* 正當理由；傳票
- [ ] **watchman**〔ˋwɑtʃmən〕 *n.* 看守者；夜警
- [ ] **with regard to** 關於

必背形容詞

- [ ] **additional**〔əˋdɪʃənḷ〕 *adj.* 補充的；附加的
- [ ] **adequate**〔ˋædəkwɪt〕 *adj.* 足夠的；適當的
- [ ] **advantageous**〔ˏædvənˋtedʒəs〕 *adj.* 有利的
- [ ] **alert**〔əˋlɝt〕 *adj.* 警覺的
- [ ] **automatic**〔ˏɔtəˋmætɪk〕 *adj.* 自動的

- [ ] **brutal**〔ˋbrutḷ〕 *adj.* 殘忍的
- [ ] **concrete**〔ˋkɑnkrit〕 *adj.* 具體的
- [ ] **consummate**〔kənˋsʌmɪt〕 *adj.* 圓滿的
- [ ] **cordial**〔ˋkɔrdʒəl〕 *adj.* 熱誠的；真心誠意的
- [ ] **corrupt**〔kəˋrʌpt〕 *adj.* 腐敗的；貪腐的

- [ ] **critical**〔ˋkrɪtɪkḷ〕 *adj.* 批評的；重要的
- [ ] **crucial**〔ˋkruʃəl〕 *adj.* 嚴重的；重要的
- [ ] **exceptional**〔ɪkˋsɛpʃənḷ〕 *adj.* 例外的
- [ ] **favorable**〔ˋfevərəbḷ〕 *adj.* 贊成的；有利的
- [ ] **foremost**〔ˋforˏmost〕 *adj.* 首要的
- [ ] **fragile**〔ˋfrædʒəl〕 *adj.* 脆弱的
- [ ] **fraternal**〔frəˋtɝnḷ〕 *adj.* 友愛的；如兄弟般的
- [ ] **hardline**〔ˋhɑrdˏlaɪn〕 *adj.* 強硬的；不妥協的

☐ **ironical**〔aɪˈrɑnɪkḷ〕*adj.* 譏諷的；出乎意料的

☐ **local**〔ˈlokḷ〕*adj.* 本地的；地方性的

☐ **mum**〔mʌm〕*adj.* 沉默的

☐ **neutral**〔ˈnjutrəl〕*adj.* 中立的

☐ **notable**〔ˈnotəbḷ〕*adj.* 值得注意的；著名的

☐ **objective**〔əbˈdʒɛktɪv〕*adj.* 客觀的

☐ **optimistic**〔ˌɑptəˈmɪstɪk〕*adj.* 樂觀的

☐ **persuasive**〔pɚˈswesɪv〕*adj.* 有說服力的

☐ **pessimistic**〔ˌpɛsəˈmɪstɪk〕*adj.* 悲觀的

☐ **primary**〔ˈpraɪˌmɛrɪ〕*adj.* 主要的；初級的

☐ **proposed**〔prəˈpozd〕*adj.* 計畫的；提議的

☐ **public**〔ˈpʌblɪk〕*adj.* 公開的；公眾的

☐ **radical**〔ˈrædɪkḷ〕*adj.* 激進的

☐ **redoubtable**〔rɪˈdaʊtəbḷ〕*adj.* 令人敬畏的

☐ **regrettable**〔rɪˈgrɛtəbḷ〕*adj.* 後悔的

☐ **reluctant**〔rɪˈlʌktənt〕*adj.* 不情願的

☐ **remote**〔rɪˈmot〕*adj.* 遙遠的

☐ **resounding**〔rɪˈzaʊndɪŋ〕*adj.*（事件）轟動的

☐ **satisfactory**〔ˌsætɪsˈfæktərɪ〕*adj.* 令人滿意的

☐ **skeptical**〔ˈskɛptɪkḷ〕*adj.* 懷疑的

☐ **subsequent**〔ˈsʌbsɪˌkwɛnt〕*adj.* 後來的；繼起的

☐ **substantial**〔səbˈstænʃəl〕*adj.* 重要的；實質上的

☐ **temporary**〔ˈtɛmpəˌrɛrɪ〕*adj.* 暫時的

☐ **tentative**〔ˈtɛntətɪv〕*adj.* 暫時的

☐ **touchy**〔ˈtʌtʃɪ〕*adj.* 棘手的

☐ **unconfirmed**〔ˌʌnkənˈfɜmd〕*adj.* 未經證實的

☐ **underground**〔͵ʌndɚˈgraʊnd〕*adj.* 地下的；祕密的
☐ **unprecedented**〔ʌnˈprɛsə͵dɛntɪd〕*adj.* 空前的
☐ **unspecified**〔ʌnˈspɛsə͵faɪd〕*adj.* 未指定的
☐ **vital**〔ˈvaɪtl̩〕*adj.* 生命的；致命的；極為重要的
☐ **vulnerable**〔ˈvʌlnərəbl̩〕*adj.* 易受攻擊的
☐ **widespread**〔ˈwaɪdˈsprɛd〕*adj.* 廣佈的
☐ **woeful**〔ˈwofəl〕*adj.* 悲哀的

政治會談與會議

☐ **arms talk** 武器談判
☐ **cease-fire talk** 停戰談判
☐ **conference**〔ˈkɑnfərəns〕*n.* 會議
☐ **draft**〔dræft〕*n.* 草案；草圖
☐ **exchange views about**~ 就~交換意見

☐ **meeting**〔ˈmitɪŋ〕*n.* 集會
☐ **preside**〔prɪˈzaɪd〕*v.* 主持（會議）；負責
☐ **press conference** 記者會
☐ **proposal**〔prəˈpozl̩〕*n.* 提議案
☐ **ratify**〔ˈrætə͵faɪ〕*v.* 批准

☐ **session**〔ˈsɛʃən〕*n.* 會議
☐ **summit**〔ˈsʌmɪt〕*n.* 高峰會議
☐ **tension**〔ˈtɛnʃən〕*n.* 緊張狀態
☐ **The General Assembly** 聯合國大會
☐ **troop-cut talk** 裁軍談判
☐ **unofficial conference** 非官方會議

外交

☐ **accommodation** ﹝ ə͵kɑmə`deʃən ﹞ *n.* 調解
☐ **aftermath** ﹝`æftɚ͵mæθ ﹞ *n.* 結果（尤指不幸的結果）
☐ **allegation** ﹝͵ælə`geʃən ﹞ *n.* 無證據的宣稱；斷言
☐ **alliance** ﹝ ə`laɪəns ﹞ *n.* 聯盟
☐ **ally** ﹝ ə`laɪ ﹞ *n.* 同盟國

☐ **analyst** ﹝`ænḷɪst ﹞ *n.* 分析者
☐ **an exchange of visits** 互相拜訪
☐ **anti-Communist** ﹝͵æntɪ`kɑmjʊnɪst ﹞ *adj.* 反共的
☐ **bargain** ﹝`bɑrgɪn ﹞ *v.* 協議
☐ **bilateral** ﹝ baɪ`lætərəl ﹞ *adj.* 雙邊的；互惠的

▶The **bilateral** talks between the two nations were unexpectedly successful.
兩國之間的互惠談話，竟出乎意料地成功。

☐ **boycott** ﹝`bɔɪ͵kɑt ﹞ *v.* 聯合抵制
☐ **capital** ﹝`kæpətḷ ﹞ *n.* 首都
☐ **colony** ﹝`kɑlənɪ ﹞ *n.* 殖民地
☐ **communique** ﹝ kə͵mjunə`ke ﹞ *n.* 官報；公報
☐ **compromise** ﹝`kɑmprə͵maɪz ﹞ *v.* 和解；妥協

☐ **concession** ﹝ kən`sɛʃən ﹞ *n.* 特許；讓步
☐ **condemn** ﹝ kən`dɛm ﹞ *v.* 譴責
☐ **current international situation** 目前的國際局勢
☐ **diatribe** ﹝`daɪə͵traɪb ﹞ *n.* 誹謗；抨擊
☐ **diplomacy** ﹝ dɪ`ploməsɪ ﹞ *n.* 外交；外交手腕

☐ **diplomat**〔'dɪplə,mæt〕*n.* 外交官

☐ **diplomatic channel** 外交途徑

☐ **diplomatic relations** 外交關係

☐ **disrupt**〔dɪs'rʌpt〕*v.* 使中斷；使破裂

☐ **economic aid** 經濟援助

☐ **emissary**〔'ɛmə,sɛrɪ〕*n.* 特使；密使

☐ **encounter**〔ɪn'kaʊntɚ〕*v. n.* 會見；會戰

☐ **exile**〔'ɛksaɪl〕*v. n.* 流放；放逐

☐ **express concern over~** 對~表示關切

☐ **extradition**〔,ɛkstrə'dɪʃən〕*n.* 遣送回國

☐ **fete**〔fet〕*v.* 宴請

☐ **greeting**〔'gritɪŋ〕*v.* 問候；祝賀

☐ **hijack**〔'haɪ,dʒæk〕*v.* 劫持

☐ **hostage**〔'hɑstɪdʒ〕*n.* 人質

☐ **immigration**〔,ɪmə'greʃən〕*n.* 外來的移民

☐ **impasse**〔'ɪmpæs〕*n.* 僵局

☐ **incite**〔ɪn'saɪt〕*v.* 引起

☐ **infiltration**〔,ɪnfɪl'treʃən〕*n.* 滲透

☐ **intelligence**〔ɪn'tɛlədʒəns〕*n.* 情報；消息

☐ **intervention**〔,ɪntɚ'vɛnʃən〕*n.* 仲裁；調停

☐ **invasion**〔ɪn'veʒən〕*n.* 侵入；侵略

☐ **leftist**〔'lɛftɪst〕*n.* 社會主義者；左派份子

☐ **mastermind**〔'mæstɚ,maɪnd〕*v.* 策劃；主使

☐ **mission**〔'mɪʃən〕*n.* 任務

☐ **moderator**〔'mɑdə,retɚ〕*n.* 仲裁者

☐ **monitor**〔'mɑnətɚ〕*v.* 監督

- [ ] **mutual benefits** 互利
- [ ] **negotiation**〔 nɪ‚goʃɪˈeʃən 〕 *n.* 談判
- [ ] **non-communist world** 非共產世界
- [ ] **normalcy**〔ˈnɔrml̩sɪ 〕 *n.* 常態;正常(= *normality*)
- [ ] **observer**〔 əbˈzɝvə 〕 *n.* 觀察家

- [ ] **official visit** 官方訪問
- [ ] **pay courtesy calls on** *sb.* 禮貌性拜訪某人
- [ ] **policy**〔ˈpɑləsɪ 〕 *n.* 政策
- [ ] **political ties with~** 與~的政治關係

- [ ] **politician**〔‚pɑləˈtɪʃən 〕 *n.* 政客
- [ ] **presidential palace** 總統府
- [ ] **private visit** 私人拜會
- [ ] **pro-American** 親美【**pro-** 表「親善」之意】
- [ ] **quota**〔ˈkwotə 〕 *n.* (輸入品、移民等的) 限額

- [ ] **quota system** 配額制度
- [ ] **radical**〔ˈrædɪkl̩ 〕 *n.* 激進份子
- [ ] **realignment**〔‚riəˈlaɪnmənt 〕 *n.* 聯盟;密切合作
- [ ] **regional cooperation** 區域性合作
- [ ] **sea change** 重大變化;驚人變化

- [ ] **seal sister relations** (城市) 締結姊妹關係
- [ ] **seek asylum** 尋求庇護
- [ ] **sign a protocol** 簽訂草案
- [ ] **spy**〔 spaɪ 〕 *n.* 間諜
- [ ] **stalemate**〔ˈstelˌmet 〕 *n.* 僵局;困境
- [ ] **stance**〔 stæns 〕 *n.* (外交上採取的) 態度;姿態

☐ **statement** 〔'stetmənt 〕 *n.* 言論；聲明
☐ **terrorism** 〔'tɛrə,rɪzəm 〕 *n.* 恐怖主義
☐ **terrorist** 〔'tɛrərɪst 〕 *n.* 恐怖主義者
☐ **the Pentagon** 五角大廈（美國國防部辦公大樓）

☐ **threat** 〔 θrɛt 〕 *v. n.* 威脅
☐ **trade and economic cooperation** 貿易經濟合作
☐ **unconfirmed reports** 未經證實的報導
☐ **violation** 〔 vaɪə'leʃən 〕 *n.* 違背（條約）
☐ **wave** 〔 wev 〕 *n.* （情勢）一時高漲
☐ **White House** 白宮

▶**The Pentagon**, which is located at
Arlington, Virginia, is the headquarters
of the United States Department of
Defense. 坐落在維吉尼亞州阿靈頓區
的五角大廈，是美國國防部的總部。

軍事

☐ **aircraft carrier** 航空母艦
☐ **air defense** 空防
☐ **air force** 空軍
☐ **air-raid** 空襲
☐ **anti-submarine** 〔,æntɪ'sʌbmərin 〕 *adj.* 反潛艇的

☐ **armored** 〔'ɑrməd 〕 *adj.* 武裝的
☐ **arms control** 武力控制
☐ **army headquarters** 陸軍總部
☐ **atomic** 〔 ə'tɑmɪk 〕 *adj.* 原子的
☐ **backtrack** 〔'bæk,træk 〕 *v.* 撤退

☐ **band** 〔 bænd 〕 *n.* 軍隊
☐ **beat off** 擊退
☐ **bombing** 〔'bɑmɪŋ 〕 *n.* 轟炸
☐ **booster** 〔'bustɚ 〕 *n.* 推進器（火箭的輔助推進裝置）
☐ **border** 〔'bɔrdɚ 〕 *n.* 邊界

☐ **burst** 〔 bɝst 〕 *v.* 爆炸
☐ **capture** 〔'kæptʃɚ 〕 *v.* 佔領；俘虜
☐ **channel** 〔'tʃænḷ 〕 *n.* 海峽
☐ **civil war** 內戰
☐ **code name** 代號

☐ **column** 〔'kɑləm 〕 *n.* 軍隊的縱隊
☐ **combat** 〔'kɑmbæt 〕 *v. n.* 手鬥；戰爭
☐ **come to rescue** 赴援；解救
☐ **communication station** 傳達站
☐ **communications vehicle** 聯絡工具

☐ **crewman** 〔'krumən 〕 *n.* 船員；機員
☐ **cruise** 〔 kruz 〕 *v.* 巡航
☐ **cruise missile** 巡弋飛彈
☐ **defeat** 〔 dɪ'fit 〕 *v.* 擊敗
☐ **defensive weapon** 防禦武器

☐ **deploy** 〔 dɪ'plɔɪ 〕 *v.* 部署
☐ **disarmament** 〔 dɪs'ɑrməmənt 〕 *n.* 裁減軍備
☐ **disperse** 〔 dɪ'spɝs 〕 *v.* 驅散；使解散
☐ **dogfight** 〔'dɔg,faɪt 〕 *n.*（戰鬥機的）空戰；混戰
☐ **equip** 〔 ɪ'kwɪp 〕 *v.* 裝備
☐ **explode** 〔 ɪk'splod 〕 *v.* 爆炸

☐ **fleet**〔flit〕*n.* 艦隊

☐ **foil**〔fɔɪl〕*v.* 打敗

☐ **front**〔frʌnt〕*n.* 前線

☐ **ground conflict** （軍隊）地面衝突

☐ **ground station** 地面基地

☐ **guerilla**〔ɡəˈrɪlə〕*n.* 游擊戰；游擊隊

☐ **gulf**〔ɡʌlf〕*n.* 海灣

☐ **gun battle** 砲戰

☐ **gunfire**〔ˈɡʌnˌfaɪr〕*n.* 砲火

☐ **helicopter**〔ˈhɛlɪˌkɑptɚ〕*n.* 直升機

☐ **helipad**〔ˈhɛlɪˌpæd〕*n.* 直昇機起落場

☐ **hideout**〔ˈhaɪdˌaʊt〕*n.* 藏匿處；巢穴

☐ **hit-and-run attack** 游擊戰

☐ **injury**〔ˈɪndʒərɪ〕*n.* 損毀

☐ **interceptor**〔ˌɪntɚˈsɛptɚ〕*n.* 攔截機

☐ **jet**〔dʒɛt〕*n.* 噴射式飛機

☐ **land**〔lænd〕*v.* 降落

☐ **lieutenant**〔luˈtɛnənt〕*n.* 陸軍中尉、少尉

☐ **march**〔mɑrtʃ〕*v.* 行進

☐ **martial law** 軍法

☐ **military camp** 軍營

☐ **military academy** 陸軍官校

☐ **National Aeronautics and Space Administration**
　　　美國航空及太空總署【簡稱 NASA】

☐ **naval force** 海軍

☐ **naval vessel** 軍艦

- [ ] **navy** (ˈnevɪ) *n.* 海軍
- [ ] **nuclear-free zone** 無核區
- [ ] **nuclear reactor** 核子反應爐
- [ ] **nuclear test** 核子試爆
- [ ] **nuclear warship** 核子潛艦

- [ ] **open sea** 公海
- [ ] **orbiter** (ˈɔrbɪtə) *n.* 人造衛星
- [ ] **overrun** (ˌovəˈrʌn) *v.* 侵略
- [ ] **patrol** (pəˈtrol) *n. v.* 巡邏
- [ ] **phased withdrawal** 分段撤兵

- [ ] **private** (ˈpraɪvɪt) *adj.* 私人的
- [ ] **quell** (kwɛl) *v.* 撲滅
- [ ] **region** (ˈridʒən) *n.* 區域
- [ ] **reinforcements** (ˌriɪnˈforsmənts) *n.* 援兵
- [ ] **rocket** (ˈrakɪt) *n.* 火箭

- [ ] **rubber dinghy** 充氣橡皮艇
- [ ] **security troops** 安全部隊
- [ ] **shoot-out** (ˈʃutˌaʊt) *n.* 槍戰
- [ ] **soldier** (ˈsoldʒə) *n.* 士兵
- [ ] **squadron** (ˈskwadrən) *n.* 一隊；一群

►Prompted by the national coup, Thailand's army is now **patrolling** the streets. 受到國內政變的刺激，泰國街上現在有軍隊在巡邏。

- [ ] **strait**〔 stret 〕*n.* 海峽
- [ ] **surrender**〔 sə'rɛndɚ 〕*v.* 使屈服;投降
- [ ] **survive**〔 sə'vaɪv 〕*v.* 倖存;殘留
- [ ] **sweep**〔 swip 〕*v.* 掃蕩
- [ ] **tear gas** 催淚瓦斯

►Police fired **tear gas** at the protesters who tried to break through their defensive line yesterday.
警方昨天向試圖要衝破防鎖線的抗議者,發射催淚瓦斯。

- [ ] **telecommunications equipment** 電訊設備
- [ ] **telecommunications satellite** 通訊衛星
- [ ] **terrain**〔 tɛ'ren 〕*n.* 地勢
- [ ] **thrust**〔 θrʌst 〕*v.*(用力)推;刺;戳
- [ ] **transport aircraft** 運輸機

- [ ] **troop**〔 trup 〕*n.* 隊;團
- [ ] **tunnel**〔'tʌnḷ 〕*n.* 隧道
- [ ] **waterway**〔'wɔtɚ,we 〕*n.* 水道;運河
- [ ] **weapon**〔'wɛpən 〕*n.* 武器
- [ ] **withdraw**〔 wɪð'drɔ 〕*v.* 撤退

選舉

- [ ] **arch-rival** 主要對手
- [ ] **be at stake** 瀕臨危險
- [ ] **cabinet**〔'kæbənɪt 〕*n.* 內閣
- [ ] **coalition**〔,koə'lɪʃən 〕*n.*(政治上的)聯盟;合作

☐ **come-from-behind** 後來居上；反敗為勝
☐ **constituency** 〔 kən'stɪtʃuənsɪ 〕 *n.* 選區；選民
☐ **Democrat** 〔 'dɛmə,kræt 〕 *n.* 美國民主黨黨員
☐ **electoral** 〔 ɪ'lɛktərəl 〕 *adj.* 選舉的
☐ **electoral district** 選區

☐ **evoke** 〔 ɪ'vok 〕 *v.* 喚起；引起
☐ **exposure** 〔 ɪk'spoʒɚ 〕 *n.* 曝光；揭發
☐ **faction** 〔 'fækʃən 〕 *n.* 黨派；派系鬥爭
☐ **fire up** 煽動；勃然大怒
☐ **flatter** 〔 'flætɚ 〕 *v.* 奉承；諂媚

☐ **general election** 大選
☐ **landslide** 〔 'lænd,slaɪd 〕 *n.* 壓倒性勝利
☐ **mandate** 〔 'mændet 〕 *n.* (選民對議會等的) 授權
☐ **opinion poll** 民意測驗
☐ **opposition party** 反對黨；在野黨

☐ **outcome** 〔 'aʊt,kʌm 〕 *n.* 結果
☐ **overall majority** 絕大多數
☐ **parliamentary election** 國會選舉
☐ **propaganda** 〔 ,prɑpə'gændə 〕 *n.* 宣傳
☐ **recall** 〔 rɪ'kɔl 〕 *n.* 罷免

☐ **ruling party** 執政黨
☐ **support** 〔 sə'port 〕 *v.* 支持；擁護
☐ **survey** 〔 sɚ've 〕 *n.* 調查報告；民意調查
☐ **tenure** 〔 'tɛnjɚ 〕 *n.* 任期；保有 (職位等)
☐ **term** 〔 tɝm 〕 *n.* 期間
☐ **uphold** 〔 ʌp'hold 〕 *v.* 擁護；支持

- ☐ **vote-counting** 點票
- ☐ **voter turnout** 投票人數
- ☐ **wing** 〔 wɪŋ 〕 *n.* 派系

條款、協定

- ☐ **agreement** 〔 ə'grimənt 〕 *n.* 協定；條約
- ☐ **draft resolution** 決議案
- ☐ **legislative** 〔 'lɛdʒɪs,letɪv 〕 *n.* 立法機構
- ☐ **pact** 〔 pækt 〕 *n.* 契約；協定
- ☐ **signatory** 〔 'sɪgnə,torɪ 〕 *n.* (條約的) 簽署國
- ☐ **treaty** 〔 'tritɪ 〕 *n.* 條約

內政

- ☐ **a cabinet shuffle** 內閣改組
- ☐ **administration** 〔 əd,mɪnə'streʃən 〕 *n.* 管理；行政
- ☐ **administrative efficiency** 行政效率
- ☐ **assassinate** 〔 ə'sæsn̩,et 〕 *v.* 暗殺
- ☐ **assertion** 〔 ə'sɝʃən 〕 *n.* 斷言；聲明

- ☐ **boundary** 〔 'baʊndərɪ 〕 *n.* 邊界
- ☐ **censorship** 〔 'sɛnsəˌʃɪp 〕 *n.* 檢查制度
- ☐ **civilian** 〔 sə'vɪljən 〕 *n.* 平民
- ☐ **clash** 〔 klæʃ 〕 *v.* 衝突
- ☐ **coalition cabinet** 聯合內閣

- ☐ **collaboration** 〔 kə,læbə'reʃən 〕 *n.* 合作；通敵
- ☐ **consensus** 〔 kən'sɛnsəs 〕 *n.* 輿論；(意見的) 一致
- ☐ **constitution** 〔 ,kɑnstə'tjuʃən 〕 *n.* 憲法

- [ ] **cope with** 應付～
- [ ] **crisis** (ˈkraɪsɪs) *n.* 危機
- [ ] **defection** (dɪˈfɛkʃən) *n.* 背叛
- [ ] **demonstration** (ˌdɛmənˈstreʃen) *n.* 示威活動
- [ ] **designate** (ˈdɛzɪgˌnet) *v.* 指派

- [ ] **disruption** (dɪsˈrʌpʃən) *n.* 分裂；瓦解
- [ ] **dissolve** (dɪˈzɑlv) *v.* 解散
- [ ] **dominate** (ˈdɑməˌnet) *v.* 統治
- [ ] **ease** (iz) *v.* 安撫；緩和 *n.* 輕鬆；自在
- [ ] **escape** (əˈskep) *v.* 逃脫

- [ ] **expel** (ɪkˈspɛl) *v.* 驅逐；趕走
- [ ] **expulsion** (ɪkˈspʌlʃən) *n.* 驅逐；排除
- [ ] **financial affairs** 財政事務
- [ ] **formal invitation** 正式邀請
- [ ] **friction** (ˈfrɪkʃən) *n.* 不和；爭執；摩擦

- [ ] **fugitive** (ˈfjudʒətɪv) *n.* 逃犯；難民
- [ ] **independence** (ˌɪndɪˈpɛndəns) *n.* 獨立
- [ ] **install** (ɪnˈstɔl) *v.* 使就任
- [ ] **insurgency** (ɪnˈsɝdʒənsɪ) *n.* 暴動；叛亂
- [ ] **internal** (ɪnˈtɝnḷ) *adj.* 內政的

- [ ] **national radio broadcast** 全國無線電廣播網
- [ ] **official accounts** 官方報告
- [ ] **oust** (aʊst) *v.* 驅逐
- [ ] **overcome** (ˌovɚˈkʌm) *v.* 克服
- [ ] **parade** (pəˈred) *n.* 遊行；列隊行進
- [ ] **peaceful transition** （政權）和平轉移

□ **project**〔'prɑdʒɛkt〕*n.* 計畫
□ **promulgation**〔ˌprɑmʌl'geʃən〕*n.* 頒布（法令）
□ **racial conflict** 種族衝突；種族紛爭
□ **rat**〔ræt〕*v.* 背叛；變節
□ **reactionary**〔rɪ'ækʃənˌɛrɪ〕*adj.* 反動的；極端保守的

□ **resident**〔'rɛzədənt〕*n.* 居民
□ **resignation**〔ˌrɛzɪg'neʃən〕*n.* 辭呈
□ **revolution**〔ˌrɛvə'luʃən〕*n.* 革命
□ **sabotage**〔'sæbəˌtɑʒ〕*n.* 蓄意破壞
□ **saboteur**〔ˌsæbə'tɝ〕*n.* 從事破壞工作的人

□ **settlement**〔'sɛtlmənt〕*n.* 解決
□ **splinter**〔'splɪntɚ〕*v.* 分裂
□ **staff**〔stæf〕*n.* 參謀（部）
□ **successor**〔sək'sɛsɚ〕*n.* 繼任者
□ **the state of emergency** 緊急狀況
□ **topple**〔'tɑpl〕*v.* 顛覆

政治性人物

□ **administrative personnel** 行政人員
□ **aide**〔ed〕*n.*（陸、海軍之）副官
□ **ambassador**〔æm'bæsədɚ〕*n.* 大使
□ **commander**〔kə'mændɚ〕*n.* 指揮官
□ **counterpart**〔'kɑʊntɚˌpɑrt〕*n.* 互相對應的人或物

□ **entourage**〔ˌɑntu'rɑʒ〕*n.* 隨行人員【集合稱】
□ **Finance Minister** 財務部長
□ **Foreign Minister** 外交部長

☐ **Former President** 前任總統（*= Vice-President*）

☐ **general**（ˈdʒɛnərəl）*n.* 將軍

☐ **high-ranking**（ˈhaɪˈræŋkɪŋ）*adj.* 高級的（官員等）

☐ **Interior Minister** 內政部長

☐ **National Father** 國父

☐ **national policy general** 國策顧問

☐ **Oil Minister** 石油部長

☐ **pontiff**（ˈpɑntɪf）*n.* 教皇；教宗

☐ **Presidential Secretary General** 總統府秘書長

☐ **Prime Minister** 首相

☐ **public servant** 公務員；公僕

☐ **ranking government official** 政府高級官員

☐ **Rear Admiral** 海軍少將

☐ **representative**（ˌrɛprɪˈzɛntətɪv）*n.* 代表

☐ **Senate**（ˈsɛnɪt）*n.* 參議院（兩院制中的上議院）

☐ **spokesman**（ˈspoksmən）*n.* 發言人

☐ **the Secretary of State** 國務卿

一般行政組織

☐ **association**（əˌsoʃɪˈeʃən）*n.* 協會

☐ **Association for Relations Across the Taiwan Straits** 海峽兩岸關係協會

☐ **Association of Southeast Asian Nations** 東南亞國協【包括 Singapore, Brunei, Malaysia, Thailand, Indonesia, Philippine, Vietnam, Laos, Cambodia, Myanmar 這十個會員國】

☐ **Bureau of Tourism** 觀光局

- [ ] **Congress** 〔ˋkɑŋgrəs 〕*n.* 美國的國會
- [ ] **Control Yuan** 監察院
- [ ] **Coordination Council for North America** 北美
  事務協調委員會
- [ ] **Council of Economic Planning and Development**
  經濟建設委員會

- [ ] **Customs** 〔ˋkʌstəmz 〕*n.* 海關
- [ ] **Defense Department** 國防部
- [ ] **Department of Energy** 能源部
- [ ] **Diet** 〔ˋdaɪət 〕*n.* 國會
- [ ] **Environmental Protection Bureau** 環境保護局

- [ ] **Government Information Office** 新聞局
- [ ] **Human Rights Commission** 人權協會
- [ ] **Immigration Office** 出入境管理局；移民局
- [ ] **Intellectual Property Office** 智慧財產局
- [ ] **Investigation Bureau** 調查局

▶Two **Customs** officers are checking a shipment
of smuggled goods from Vietnam.
兩名海關正在檢查一批從越南來的走私貨品。

☐ **Judicial Yuan** 司法院
☐ **Legislative Yuan** 立法院
☐ **Lower House** 衆議院
☐ **Ministry of Audit** 審計部
☐ **Ministry of Communications** 交通部

☐ **Ministry of Economic Affairs** 經濟部
☐ **Ministry of Education** 教育部
☐ **Ministry of Finance** 財政部
☐ **Ministry of Foreign Affairs** 外交部
☐ **Ministry of Interior** 內政部

☐ **Ministry of Law** 法務部
☐ **National Health Administration** 衛生署
☐ **National Tax Bureau** 國稅局
☐ **National Youth Commission** 青年輔導委員會
☐ **NATO** 北大西洋公約組織（ = *North Atlantic Treaty Organization*)
☐ **Straits Exchange Foundation** 海峽交流基金會
☐ **the House of Representatives** 衆議院

▶There are many demonstrations around the world against the **NATO** action.
世界各地有許多的示威活動，抗議北大西洋公約組織的行動。

▶▶ 4.ICRT政治新聞實況播報

　　看過實況例句與常用字彙後，相信你對政治新聞字彙已經有一定的了解，因此本章節準備了數則政治新聞稿，每篇新聞稿都將在限定秒數內播報完畢，讀者可以一邊播放 MP3，一邊測試自己的聽力與理解力，準備好了嗎？測驗開始！

🔲 字彙測驗

時間限制：8 秒

　　As Republicans attempt to manage the **fallout** from the scandal, the Democratic party is **standing back**.

➡ 當共和黨試著處理醜聞帶來的**政治餘波**時，民主黨**袖手旁觀**。

時間限制：18 秒

　　Hungarian police fired rubber bullets and **teargas** to **disperse** thousands of anti-government protesters marching on **Parliament** on the 50th anniversary of the country's 1956 **uprising** against Soviet rule.

➡ 匈牙利警方發射橡膠子彈以及**催淚瓦斯**，來**驅散**上千名的反政府抗議者，抗議者往**國會**的方向前進，而且當天是匈牙利在一九五六年**起義**反抗蘇聯統治的五十週年紀念日。

------ 時間限制：14 秒 ------

Japan will **deploy** a new radar on the Miyako islands to **monitor** Chinese military activity amid growing concern in Tokyo over Beijing's **arms buildup**.

➡ 日本將在宮古群島**部署**一個新雷達，以**監測**中國的軍事活動，因為東京愈來愈擔心北京的**軍備增強**。

------ 時間限制：15 秒 ------

According to the Thai **Prime Minister**, the recent **bombings** in Muslim-dominated southern Thailand were designed to **trigger** division in the predominantly Buddhist country.

➡ 根據泰國**首相**表示，最近發生在回教徒佔多數的泰國南方的**爆炸**事件，目的是想在這個以佛教徒為主的國家**引起**分裂。

------ 時間限制：12 秒 ------

Iran's President said that Western powers were wrong if they thought Iran would **retreat** from its nuclear plans, even as Iran faces possible **sanctions**.

➡ 伊朗總統表示，西方強權國家如果認為伊朗會**撤除**核武計畫，那他們就錯了，即使伊朗有可能會面對**制裁**。

第4章
ICRT商業新聞實況字彙

1. 透視ICRT商業新聞字彙
2. ICRT商業新聞高頻率字彙－實況例句
3. ICRT商業新聞常用字彙
4. ICRT商業新聞實況播報－字彙測驗

▶ 1.透視ICRT商業新聞字彙

　　證券交易及**股市行情**是 ICRT 商業新聞中，最主要的部分，新聞中有時會穿插上市公司的新聞，以供投資者參考。ICRT 還會在半點的時候專門報導商業新聞、股市行情以及台灣商業經濟動向。

😊 實例

☆ ICRT **股市行情快報**

> 　　**The U.S. dollar sank against the Japanese yen** on the **Tokyo Foreign Exchange Market** Tuesday, **closing** at 163.65 yen, **down** 0.30 yen from 163.95 yen.
>
> 　　星期二**東京外匯市場，美元對日幣貶值，收盤價格**為 163.65 圓，從 163.95 圓**下跌**了 0.30 圓。

【說明】

　　由此實例可看出，把握商業新聞的關鍵字，如 close at…（收盤價格）等，是理解報導的主要線索，而加強本身的經濟常識，則有助於牢記商業新聞重要字彙。

【關鍵字】

U.S. dollar	美元
sank against	對…下降；貶值
yen	圓（日幣單位）
Tokyo Foreign Exchange Market	東京外匯市場
close at～	收盤價格為～
down～from～	從～下跌～

僅以關鍵字來理解這則報導，也就是：

「美元對日幣貶值…在東京外匯市場…收盤價格為～從～下跌～」

少了次要字彙，還是可以了解美元與日幣的升貶！

 實例

☆ ICRT 台灣經濟報導

> The **two-way trade** between the ROC and Singapore **totaled** US$1.16 billion with a US$608 million **surplus in the ROC's favor**.
>
> 中華民國與新加坡的**雙邊貿易總額**達十一億六千萬美元，**中華民國順差**六億八百萬美元。

【說明】

這則報導的主要字彙都是屬於貿易一般用語。

two-way trade	雙邊貿易
total	總額
surplus in the ROC's favor	中華民國盈餘（順差）

只要了解這三個關鍵字，就可掌握這則新聞的主旨。現在把報導的國名加進去，就可以證明所言不差。

two-way trade…ROC and Singapore…totaled…surplus in the ROC's favor

「中華民國與新加坡…雙邊貿易…總額…中華民國順差」

兩國貿易的大致情形，可以從關鍵字中找出脈絡。換言之，只要熟悉這些字彙，就可以了解 ICRT 所提供的最新情報，取得先機，掌握市場。

▶在商業新聞中，幾乎每天都會出現股市相關新聞，其中最常聽到的名詞是道瓊工業平均指數（Dow Jones Industrial Average）、那斯達克綜合股價指數（Nasdaq Composite Index），以及台股（Taiwan Stock Market）。

2. ICRT商業新聞高頻率字彙

■ 實況例句

A

access〔ˈæksɛs〕
n. 進入；門路

One of the key issues to be discussed in these negotiations is the expansion of **access** to the Chinese market for European goods and investment.
在這幾次協商中所討論的主要議題之一，就是擴大歐洲貨品及資金進入中國市場的通路。

advance〔ədˈvæns〕
v. 借貸

The Standard Chartered Bank will **advance** $29,762,000. 渣打銀行將提供兩千九百七十六萬二千美元的貸款。

allowance
〔əˈlaʊəns〕
n. 津貼；折扣

The official tourist **allowance** for traveling abroad will shortly be increased from $500 to $1,000 annually per person. 國外旅遊的官方旅遊津貼，在短期內將從每人每年五百元，增加到一千元。

analyst〔ˈænḷɪst〕
n. 分析師

According to **analysts**, the recall of 4.1 million Sony laptop batteries may cost the company as much as US$400 million. 根據分析家表示，回收四百一十萬顆新力製造的膝上型電腦電池，將使公司損失四億美金。

amalgamation

〔 əˌmælgəˈmeʃən 〕

n. (公司等的) 合併；
聯合

There will be little merit in the
amalgamation of petrochemical firms.
石油化學公司的合併沒有什麼好處。

antidumping

〔ˌæntɪˈdʌmpɪŋ 〕

adj. 反傾銷的

Antidumping measures may only be
implanted in cases of unfair trade.
反傾銷措施可能只會在碰到不平等交易時
實施。

anti-monopoly law

反壟斷法

The projected merger is in violation of the
anti-monopoly law.
有計畫的合併是違反反壟斷法的。

appreciate

〔 əˈpriʃɪˌet 〕

v. 增值

Real estate has rapidly ***appreciated***.
不動產急速增值。

assembly line

裝配線

The ***assembly line*** turns out a finished car
every twenty seconds.
裝配線每二十秒可生產一部配備齊全的車子。
【***turn out*** 製造；生產】

assets 〔ˈæsɛts 〕

n. 資產

He has ***assets*** worth more than a million.
他有價值百萬以上的資產。
【asset 不加 s，作「一項資產」解】

austerity 〔 ɔˈstɛrətɪ 〕

n. 節約；緊縮

The ***austerity*** plan is aimed at bringing
about financial stability in the country.
這個節約計畫的目的是使國家財政穩定。

B

bearish〔'bɛrɪʃ〕
adj. 下跌的

Chemicals were ***bearish***.
化學工業疲乏不振。

bonanza
〔bo'nænzə〕
n. 發財；致富之源

The kickoff of the World Cup is expected to be a business ***bonanza*** for bars and restaurants across Asia. 世界盃足球賽的開打，預計將使亞洲酒吧與餐廳發一筆財。

boom〔bum〕
v. 景氣突然好轉

Business is ***booming*** in residential construction.
住宅建築的景氣突然好轉。

broker〔'brokɚ〕
n. 股票經紀人

Casual investors are becoming more skilled as more information about various ***brokers*** becomes available on the Internet. 隨機的投資者變得更精明了，因為越來越多關於各種股票經紀人的資訊，都可以在網路上找到。

budget〔'bʌdʒɪt〕
n. 預算

He has proposed a tough annual ***budget*** designed to spur economic recovery for the company.
為使公司的經濟復甦，他提出嚴格的年度預算。

bull〔bʊl〕
n. 多頭業者；買方

The ***bulls*** advise buying stocks and bonds during the next several months.
多頭業者建議在往後幾個月內買進股票及債券。
【「多頭」是指看好股市行情，買進股票待漲價後賣出者。】

bullish 〔'bʊlɪʃ〕
adj. 看漲的;上漲的

The ***bullish*** opinions are from those who have something to sell.
行情看漲的看法是由欲出售物品者所提出。
【股票市場以牛來象徵看漲的市場,所以紐約市
　華爾街有座公牛的雕像,象徵上揚的股市】

business conditions
景氣

There will be minor improvements in ***business conditions***.
景氣將會微幅好轉。

business recession
景氣蕭條

There will be a ***business recession*** late this year.
今年年底將呈現景氣蕭條的現象。

buying motive
購買動機

It is difficult to analyze all of the ***buying motives***.
很難分析所有的購買動機。

#

clientele 〔͵klaɪən'tɛl〕
n. 顧客【集合名詞】

McDonalds has used gift-giving schemes to build up its ***clientele***.
麥當勞採用贈獎計畫來增加顧客。
【指單一客戶時,則用 client】

collective bargaining
(勞資雙方對工時、工資等的)集體談判

The attitude of unions in ***collective bargaining*** is changing.
工會在集體談判這方面的態度正在改變。
【collective 作「集體的;共同的」解,而 union
　則可指「工會」或「商會」】

commercial
〔 kə'mɝʃəl 〕
n. 廣告節目

The commission has received complaints about a TV *commercial*.
委員會收到了對電視廣告節目不滿的投訴。

commodity
〔 kə'madətɪ 〕
n. 商品

Bananas are an important *commodity* for export. 香蕉是一個很重要的出口商品。
【export〔'ɛksport〕*n.* 出口】

consortium
〔 kən'sɔrʃɪəm 〕
n. 財團；銀行團

A *consortium* of American banks has signed an agreement.
美國銀行團已經簽署了一項協議。

consumer spending
消費支出

Another key development is coming in *consumer spending*.
消費支出將有另一項重大發展。

cost of living
生活費

The *cost of living* is still rising in most parts of the world and shows no signs of stopping.
世界上大部分地區的生活費依然持續上升，沒有停止的跡象。

counterfeit
〔'kauntəˌfɪt 〕
n. 仿冒品

This Chanel bag is a *counterfeit*.
這個香奈兒包包是仿的。

credit 〔'krɛdɪt 〕
n. 信用貸款；賒帳

Some 90 percent of the Walter Company's customers use *credit*.
華爾特公司有百分之九十的顧客是賒帳。

credit card
信用卡

The growing popularity of buying on credit has created a receptive climate in *credit card* services. 越來越多人用信用來購物，而這使得信用卡服務有廣受接納的趨勢。

crop ﹝ krɑp ﹞
n. (農作物的) 收穫量；
產量

The U.S. had a big *crop* of potatoes this year.
美國今年馬鈴薯大豐收。

curb ﹝ kɝb ﹞
n. 約束；管制

He warned of possible U.S. *curbs* on Japan's textiles. 他警告日本說美國可能會對它們的紡織品進行管制。

currency ﹝ ˈkɝənsɪ ﹞
n. 貨幣；流通

There are some *currency* exchange booths in the airport.
在機場裡有一些貨幣交換站。
【booth ﹝ buθ ﹞ *n.* 攤亭；小房間】

cut down
減低；削弱

The companies are willing to try anything to *cut down* the cost.
公司願意嘗試做任何事來減低成本。

D

deal ﹝ dil ﹞
v. 買賣；交易

He *deals* in used cars.
他從事二手車買賣。

debt ﹝ dɛt ﹞
n. 債；借款

She used credit cards unwisely so she had many *debts* to meet.
她沒有善用信用卡，因此有許多債務要還。

dealership
〔'dilɚʃɪp 〕
n.（某產品在某地區的）
代理權

Zenith Taiwan Corp. obtained a ***dealership***
in the San Francisco area.
台灣增你智公司獲得舊金山地區的代理權。

default〔 dɪ'fɔlt 〕
v. 不履行契約

He ***defaulted*** on his contract.
他不履行契約。

deficit〔'dɛfəsɪt 〕
n. 赤字

The U.S. had a ***deficit*** last year.
美國去年出現赤字。

deflation〔 dɪ'fleʃən 〕
n. 通貨緊縮

The austerity program led to the ***deflation*** of
prices. 這項節約政策導致通貨緊縮。

demand〔 dɪ'mænd 〕
n. 需要；要求

Demand for the product had again
outstripped production facilities.
對這項產品的需求，再度超過生產設備所能生
產的量。

depreciation
〔 dɪ,priʃɪ'eʃən 〕
n. 跌落；貶值

The revaluation would help fight currency
depreciation.
貨幣升值有助於對抗貨幣貶值。
【revaluation〔,rivæljʊ'eʃən 〕*n.* 貨幣升值】

devalue〔 di'vælju 〕
v. 使貶值

The franc was ***devalued*** by 12.5 percent on
August 8.
法郎在八月八日那天，貶了百分之十二點五。

dip〔 dɪp 〕
n. 下跌

When an interest rate ***dip*** does take place, it
will be a minor ***dip***.
就算利率真的下降，也會是微幅下降。

discount 〔'dɪskaʊnt 〕
n. 折扣

All catalog prices are subject to a 15%
discount.
所有商品都按目錄價格打八五折。

discount rate
貼現率

The Bank of Taiwan has lowered its
discount rates by 0.365% to 5.84% per year.
臺灣銀行已經將每年的貼現率降低百分之零點
三六五,成為百分之五點八四。

dividend
〔'dɪvə‚dɛnd 〕
n. 紅利;利息

A total of 130 corporations boosted
quarterly *dividends* in July this year.
今年七月,合計有一百三十家公司提高季度
股息。
【boost〔bust 〕*v.* 提高;增加】

domestic
〔də'mɛstɪk 〕
adj. 國內的

Mainland China holds foreign exchange
reserves that are about three times the size
of Taiwan's gross *domestic* product.
中國的外匯存底大約是台灣國內生產毛額的三
倍。

E

earnings 〔'ɝnɪŋz 〕
n. pl. 所得

Average *earnings* are jumping even faster
in Korea.
韓國平均所得急遽上升。

**economic growth
rate**
經濟成長率

Korea's present *economic growth rate* of
more than 15 percent is too high.
南韓目前的經濟成長率過高,已超過百分之十
五了。

exchange
〔 ɪks'tʃendʒ 〕
n. 交易

American *exchange* volume was 2,590,000 shares last month.
美國上個月的交易量是二百五十九萬股。

expansion
〔 ɪk'spænʃən 〕
n. (企業等的) 擴大

This company has tried very hard to achieve the goal of *expansion*.
這家公司非常努力想要達到擴大的目標。

expenditure
〔 ɪk'spɛndɪtʃɚ 〕
n. 支出；經費

Capital *expenditure* is expected to rise.
資金的支出預計會增加。

export〔 ɪks'port 〕
v. 輸出

Our company *exports* textiles to Europe.
我們公司出口紡織品到歐洲。

F

financier
〔 ˌfɪnən'sɪr 〕
n. 資本家

With a new *financier* backing it, the company was able to repay its debts and get out of bankruptcy. 有了新資本家的支持，這家公司就有能力償還債務並避免破產。

fiscal〔 'fɪskl̩ 〕
adj. 會計的

The company calculates its profit and loss based on its *fiscal* year, which ends on June 30. 這家公司根據在六月三十號結束的會計年度，來計算它的盈虧。

float〔 flot 〕
v. 浮動

Major countries are now *floating* their currencies.
主要國家的貨幣現在都處於浮動狀態。

floor sample
展示品

They sell *floor samples* at reduced prices.
他們以折扣價來出售展示品。

fluctuate
〔ˈflʌktʃʊˌet〕
v. 變動；波動

Prices *fluctuate* violently.
物價劇烈波動。
【violently〔ˈvaɪələntlɪ〕*adv.* 劇烈地】

free trade
自由貿易

The United States might retreat from its traditional position of staunch support of *free trade* and turn to protectionism.
美國可能會改變以往對自由貿易的堅定支持而轉向保護主義。
【staunch〔stɑntʃ〕*adj.* 堅定的】

foreign (exchange) reserve
外匯存底

Taiwan's *foreign exchange reserves* hit a new high in 2007.
台灣的外匯存底在二○○七年達到新高點。

foreign trade balance
對外貿易收支

This country's *foreign trade balance* is again showing a critical deficit in 2008.
這個國家的對外貿易收支在二○○八年再度出現嚴重赤字。

fund〔fʌnd〕
v. 提供資金

Who is *funding* the American company's project?
這家美國公司的計畫，由誰來提供資金？

G・H

gains〔genz〕
n. pl. 盈餘；利潤

He estimates his *gains* at $75,000 a year.
他估計他一年的盈餘有七萬五千元。

grocery store
雜貨店

The traditional *grocery store* has been replaced by the supermarket.
傳統的雜貨店已經被超級市場取代。
【replace〔rɪˋples〕*v.* 取代】

government securities
政府公債

Government securities did well in a buoyant London stock market session Thursday.
政府公債週四在買氣旺盛的倫敦股票市場交易中表現良好。
【session〔ˋsɛʃən〕*n.*（交易所的）進行交易】

gross〔gross〕
v. 總共賺得…

Baron's business is *grossing* about $40,000 a year.
貝倫企業一年總共賺四萬美元左右。

gross national product
國民生產毛額(= *GNP*)

The economic recovery promises renewed growth in *GNP.*
經濟復甦預示國民生產毛額再度成長。
【promise〔ˋprɑmɪs〕*v.* 預示】

hard time
不景氣

War brings *hard times* in its wake.
戰爭之後引發不景氣。
【*in sb.'s / sth.'s wake* 隨著某人/某事之後】

high〔haɪ〕
n. 最高紀錄

Exports of farm products hit a new *high* of 6.1 billion.
農產品外銷創下六十一億元的最高新紀錄。

hub〔hʌb〕
n. 中心

Hong Kong is a regional *hub* for trade and financial services.
香港是貿易和經濟的區域中心。

I · J

index (ˈɪndɛks)
n. 指數

The Globalization ***Index*** tracks the economic integration, technological connectivity, and political engagement, etc., of various countries.
全球化指數追蹤各國的經濟整合度、科技連結度,以及政治參與度等等。

income (ˈɪnˌkʌm)
n. 收入

Are you satisfied with your personal ***income***?
你對你的個人收入感到滿意嗎?

import restriction
進口限制

A satisfactory settlement will be reached on the issue of Japanese ***import restrictions***.
日本進口限制的問題將得到圓滿的解決。

import surcharge
進口附加費

It will no longer be necessary to implement the projected ***import surcharge***.
將不再需要實施計畫中的進口附加費。

industrial park
工業園區

Ten companies have already moved into the fifteen hundred-acre ***industrial park***.
有十家公司已經搬進這個佔地一千五百英畝的工業園區。

inflation
(ɪnˈfleʃən)
n. 通貨膨脹

America's prolonged period of expansion has been accomplished without any serious ***inflation***. Only threat of inflation exists.
美國已經完成了長期發展,而且沒有發生任何嚴重的通貨膨脹。只有通貨膨脹的預兆。

innovation
〔͵ɪnə'veʃən 〕
n. 革新

The ***innovation*** is cutting New York Central Railroad Company costs.
這項革新逐漸降低紐約中央鐵路的成本。

installment
〔 ɪn'stɔlmənt 〕
n. 分期付款

Young married people buy a lot of devices on the ***installment*** plan.
年輕夫婦以分期付款購買許多設備。

(be) in the black
有盈餘的；賺錢的

The magazine grossed $44,000 and was firmly ***in the black***.
這份雜誌總共賺得四萬四千美元，而且盈餘收入很穩定。【赤字代表虧損，黑字代表盈餘】

(be) in the red
赤字額；虧損

The enterprise was $100,000 ***in the red***.
該企業有十萬美元的虧損。

investment
〔 ɪn'vɛstmənt 〕
n. 投資

The easing of trade restrictions has improved the country's ***investment*** climate.
貿易限制的減少改善了該國的投資環境。

investor
〔 ɪn'vɛstɚ 〕 *n.* 投資者

Indonesia welcomes Japanese ***investors***.
印尼歡迎日本的投資者。

impetus 〔'ɪmpətəs 〕
n. 促進；刺激

To provide ***impetus*** to the industry, the government is working on a plan.
為了促進這項產業的發展，政府正在著手計畫。

joint venture
聯營企業

Nissan and Toyota will establish a ***joint venture*** with Ford Motor Co.
日產與豐田將和福特汽車公司成立聯營企業。

L · M · N

large-scale
(ˈlɑrdʒˈskel)
adj. 大規模的

The Taipei Fine Arts Museum will hold a *large-scale* exhibition of French masters.
台北市立美術館將舉辦一場法國名作的大型展覽。【master 可作「大師」或「名家作品」解】

lender (ˈlɛndə)
n. 貸方;金融業者

China Trust is one of the island's largest *lenders*.
中國信託是台灣最大的金融業者之一。

liberalize
(ˈlɪbərəl,aɪz)
v. 自由化;開放

The Government decided to *liberalize* direct foreign investment in the automobile industry in October. 政府決定十月要開放外資直接投資汽車工業。

list price
價目表上的價格;定價

His retail outlets are known for their refusal to budge from *list prices*.
眾所皆知,他的零售商不肯對定價做任何讓步。
【outlet (ˈaʊt,lɛt) *n.* 商店   budge (bʌdʒ) *v.* 讓步】

living standard
生活水準

Millions of people are enjoying higher *living standard*.
數百萬人享受著更高的生活水準。

loan (lon)
n. 借款;公債

Japan agreed to make an $11 million *loan* at six percent.
日本同意以百分之六的利率,出借一千一百萬美元。

lucrative〔ˈlukrətɪv〕
adj. 有利可圖的;賺錢
的

The coup in Thailand will do harm to its
lucrative tourist industry.
泰國的政變將對賺錢的觀光業造成傷害。
【coup〔ku〕*n.* 政變】

management
〔ˈmænɪdʒmənt〕
n. 管理;經營

The company was in trouble because of
poor *management*.
由於經營不善,這家公司陷入困境。
【*be in trouble* 陷入困境】

man-hour
〔ˈmænˌaʊr〕*n.* 人時(一
人一小時的工作量)

It took 500 *man-hours*.
完成這件事花了五百個人時。

manpower
〔ˈmænˌpaʊɚ〕
n. 人力;人力資源

Manpower cuts put thousands of Americans
out on the streets.
人力裁減使得數千名美國人失業。
【*out on the street* 無家可歸;沒有工作】

manufacturer
〔ˌmænjəˈfæktʃərɚ〕
n. 製造業者;廠商

There are several Taiwanese *manufacturers*
in China. 大陸有許多台商。

mark down
降價

These hats have been *marked down*.
這些帽子已經降價。

market〔ˈmɑrkɪt〕
v. 銷售

The machine will be *marketed* here for
$100,000.
這部機器將以十萬美元的價格在此出售。

market share
市場佔有率

This company is trying to increase it's *market share* in air-conditioner.
該公司正試圖提高其在冷氣機市場的佔有率。

market value
市價

The *market value* of this apartment is six million dollars.
這棟公寓的市價是六百萬元。

markup〔ˈmɑrkˌʌp〕
n. 利潤;漲價

The dealers operate on a 20 percent or less *markup* on their cars. 商人以百分之二十以下的利潤來經營汽車買賣。

mass production
大量生產

Mass production would be useless without mass consumption.
沒有大量的消費,大量生產也沒用。

middle class
中產階級

China's *middle class* is becoming more prosperous because of country's dramatic economic growth. 中國的中產階級變得越來越有錢,因為該國經濟有驚人的成長。

merchandise
〔ˈmɝtʃənˌdaɪz〕
n. 商品

All *merchandise* of Sharp Taiwan Electric Co. is guaranteed.
台灣夏普公司的所有商品都有品質保證。

merge
〔mɝdʒ〕
v. 合併

The president of Ling Electric Co. recently *merged* his former company with Boeing Aircraft Co. to from Ling-Boeing Electronic, Inc. 林氏電器公司總裁最近把他以前的公司和波音航空器材公司合併,組成林氏波音電子有限公司。

money market
金融市場

New York is the center or the world's
money market.
紐約是世界的金融市場中心。

mortgage
〔ˈmɔrgɪdʒ〕 *v.* 抵押

They *mortgaged* their company for $7,000.
他們把公司拿去抵押借款七千美元。

net profit
純利

Although sales have dropped, the *net profit*
has risen slightly due to lower production
costs. 雖然銷售量下跌，但因為成本較低，所
以純利還是略為增加。

**non-performing
loan**
不良債權

Non-performing loans are a serious liability
for the banks of many developing countries.
不良債權是許多開發中國家銀行的沉重責任。

O · P

order 〔ˈɔrdɚ〕
n. 訂貨

Orders are shipped promptly.
訂貨立即運送。

outfit 〔ˈaʊtˌfɪt〕
n. 機構；組織

Pacific Wire & Cable is now a substantial
outfit with a 150-man engineering staff.
太平洋電線電纜公司現在是一個擁有一百五十
名工程人員的龐大機構。

outflow
〔ˈaʊtˌflo〕
n. 外流

As investors snapped up dollars, the
currency experienced a sharply increased
outflow. 當投資者爭相購買美金時，貨幣外流
會急遽增加。

outlook (ˈaʊtˌlʊk)
n. 展望；前景

Taiwan is facing a murky economic ***outlook*** because of the chaotic political environment.
因為政治環境的混亂，台灣現在正在面臨灰暗的經濟前景。

output (ˈaʊtˌpʊt)
n. 生產量；產品

The U.S. industrial ***output*** dipped slightly this year.
美國今年的工業生產量微幅下降。

parity (ˈpærətɪ)
n. 交換比率

Japan refused an adjustment of the yen ***parity*** to the dollar.
日本拒絕調整日幣對美元的匯率。

patent (ˈpætn̩t)
n. 專利

The pharmaceutical company was awarded a ***patent*** for the new drug.
這家製藥公司獲得一種新藥的專利。

pay-as-you-go
付現金

The company was put on a ***pay-as-you-go*** basis.
這家公司採用付現金的原則。

pay envelope
薪水（袋）

Hard times affect ***pay envelopes***.
不景氣影響了薪水。

per capita
(pɚˈkæpɪtə)
adj. 每人的

Analysts predict a rise in ***per capita*** gross domestic product to US$30,000 by 2015.
分析師預估在二〇一五年，每人國內生產毛額可達美金三萬元。

plant and equipment 廠房與設備	Business investment in ***plant and equipment*** will remain level or rise only slightly. 企業投資在廠房與設備的部分將維持不變，或只有略微增加。
plunge〔 plʌndʒ 〕 *v.* 下降	Computer prices have ***plunged*** since last year. 電腦價格從去年開始下降。
preferential tariff 優惠關稅	If ***preferential tariff*** rates are introduced, they should be applied only to a limited range of products for a limited period of time. 假如要採用優惠關稅率，應該只有特定範圍的產品在特定期間適用。
premium 〔ˈprimɪəm 〕 *n.*（額外的）津貼	A ***premium*** will be paid for work in excess of eight hours. 工作超過八小時將給予額外的津貼。
price fixing 價格協定	The FTC (Federal Trade Commission) has uncovered a ***price fixing*** agreement between two large technology firms. 聯邦貿易委員揭發兩大科技公司的價格協定。
price-wage spiral 物價及薪資的惡性循環	A substantial revaluation became necessary when a rising ***price-wage spiral*** threatened to increase inflation. 當日漸嚴重的物價薪資惡性循環造成通貨膨脹的威脅時，就有必要讓貨幣大幅升值。
production 〔 prəˈdʌkʃən 〕 *n.* 產量	In the past 50 years, wheat ***production*** has increased sevenfold. 過去五十年來，小麥的產量已增加七倍。

productivity
〔͵prodʌk′tɪvətɪ〕
n. 生產力

Productivity is expected to rise 5.5 percent.
生產力預計將上升百分之五點五。

profit〔′prɑfɪt〕
n. 利潤；利益

Profits in pottery were slim.
陶瓷廠的利潤很微薄。

property〔′prɑpətɪ〕
n. 財產

My only *property* is this apartment in Tokyo.
我唯一的財產是這棟位於東京的公寓。

protectionism
〔 prə′tɛkʃən͵ɪzəm〕
n. 保護主義

There is plenty of *protectionism* hampering the trade in manufactured products.
保護主義的盛行阻礙製成品貿易。

public relations
公共關係

We promote better understanding through *public relations*.
透過公共關係，使我們了解得更透徹。

purchasing power
購買力

The *purchasing power* of the dollar has shrunk. 美元的購買力已經下降。

Q·R

quality control
品質管制

He installed a strict *quality control* system.
他採用嚴格的品質管制制度。

quarter〔′kwɔrtɚ〕
n. 一季

The electronics company's profits fell by three percent in the second-*quarter*.
這家電子公司的利潤在第二季下滑了百分之三。

quote 〔 kwot 〕
v. 報價；喊價

Crude sugar was ***quoted*** at 25 NT dollars per kilogram.
粗糖每公斤報價新台幣二十五元。

raw material
原料

Canada produces far larger quantities of ***raw materials*** than it can sell to its own people.
加拿大的原料生產量遠比內銷量多很多。

reap 〔 rip 〕
v. 獲得

Our company is likely to ***reap*** billions of dollars in sales.
我們公司的銷售額可能上億。

recession 〔 rɪ'sɛʃən 〕
n. 不景氣；蕭條

Business analysts expected a mild ***recession*** in the first half of the year.
商業分析師預期今年上半年將會出現輕微的不景氣。

reciprocal
〔 rɪ'sɪprəkḷ 〕
adj. 互惠的；相互的

The European Union hopes China will engage in a ***reciprocal*** deregulation of trade.
歐盟希望中國參與互惠的自由貿易。
【deregulation 〔 dɪˌrɛgjʊ'leʃən 〕 *n.* 自由化】

refundable
〔 rɪ'fʌndəbḷ 〕
adj. 可退還的

The first payment is ***refundable*** within ten days if you decide not to buy. 如果你決定不買，頭期款可以在十天內退還。

remittance
〔 rɪ'mɪtṇs 〕
n. 匯款額；匯款

Automatic bank transfers have made the ***remittance*** of various payments much easier for the average consumer.
銀行自動轉帳系統使一般消費者更容易以匯款的方式繳納各種款項。

retrenchment
(rɪˈtrɛntʃmənt)
n. 緊縮;削減

There have been no noticeable effects from the monetary *retrenchment* policy.
通貨緊縮政策並未帶來顯著的影響。

revenue (ˈrɛvəˌnju)
n. 歲入;收益

Revenues this year totaled one million dollars.
今年歲入總共一百萬美元。

S

sabotage
(ˈsæbəˌtɑdʒ) *v.* 破壞

The railway was *sabotaged*.
鐵路被破壞了。

sag (sæg)
v. 下跌

The company shake-up is designed to tackle the problem of *sagging* profits.
該公司的人事大幅異動是爲了解決收益下跌的問題。

salary
(ˈsælərɪ)
n. 薪資

He draws a total *salary* of about fifty thousand dollars a year.
他一年薪資總共約五萬元。
【draw (drɔ)*v.* 支領】

sale (sel)
n. 銷售額

Sales amounted to nearly four million dollars in 1985.
一九八五年的銷售總額將近四百萬美元。

self-sufficient
(ˌsɛlfsəˈfɪʃənt)
adj. 自給自足的

Canada is *self-sufficient* in minerals.
加拿大的礦產可以自給自足。

setback 〔'sɛt,bæk 〕
n. 倒退;挫折

The ***setback*** in exports will be temporary.
出口額的減少只是暫時性的。
【temporary 〔'tɛmpərɛrɪ 〕*adj.* 暫時的】

shareholder
〔'ʃɛr,holdɚ 〕
n. 股東

Minority ***shareholder*** representative Mr. Jason Lewis is seeking protection from majority oppression.
小股東代表人傑森路易斯先生,正尋求保護措施,以免遭受大股東的壓迫。

shift 〔 ʃɪft 〕
n. 輪班;輪值

He works the night ***shift*** at an airplane factory to fatten his pay.
他在一家飛機製造廠值夜班,以增加薪資收入。

ship 〔 ʃɪp 〕
v. 輸送;運送

We need to build some new pipelines to ***ship*** the oil out.
我們需要建造一些新的輸油管來輸送石油。

short 〔 ʃɔrt 〕
adj. 缺乏的

Many small businessmen are ***short*** of funds.
許多中小企業經營者缺乏資金。

slacken 〔'slækən 〕
v. 緩和;減緩

Growth ***slackened*** in consumer spending on durable goods.
在耐久財方面的消費性支出成長減緩。

slash 〔 slæʃ 〕
v. 大幅減少

The government has decided to ***slash*** taxes.
政府決定大幅減稅。

slump 〔 slʌmp 〕
n. 暴跌

All we face is a slowdown in the rate of business growth rather than a ***slump***.
我們面臨的是經濟成長率的減緩,並非暴跌。

stabilize 〔'stebḷ͵aɪz 〕
v. 穩定

The agreement is designed to *stabilize* the international coffee market.
這項協定是用來穩定國際咖啡市場的。

stagnant
〔'stægnənt 〕
adj. 停滯的；不景氣的

The stock price has been *stagnant* in this quarter.
這一季的股票價格呈現停滯的狀態。

stake 〔 stek 〕
n. 股份；股本

Malaysia's oldest Chinese-language newspaper has some problems with poor circulation and financial losses, so a shareholder has sold a 21 percent *stake* in the newspaper. 馬來西亞歷史最悠久的華語報紙有銷售不佳和財務虧損的問題，因此有位股東賣掉了百分之二十一的股份。

stock
〔 stɑk 〕
n. 股票；公債

The Government's ban on cyclamates knocked down the prices of *stocks* of major manufacturers.
政府禁止使用人工甘味料使得主要製造商的股價下跌。

stock market
股票市場

The Taiwan *stock market* plunged almost 7 percent in reaction to the disputed election.
台灣股票市場因爭執不斷的選舉而下跌了七個百分點。

subsidy 〔'sʌbsədɪ 〕
n.（政府的）補助金；
津貼

Brazilian coffee growers are asking for a *subsidy* for next year's harvest.
巴西的咖啡栽培者要求政府補助明年的收成。

T · U · V

taper off
逐漸減少；逐漸降低

The U.S. rate of increase in industrial production is ***tapering off***.
美國工業成長率正逐漸降低。

tariff barrier
關稅壁壘

All ***tariff barriers*** should be removed.
所有關稅壁壘都應該被消除。

tax reduction
減稅

These men are convinced the country needs a substantial ***tax reduction*** to achieve fast growth.
這些人深信國家需要大幅減稅以加速成長。

tight money policy
貨幣緊縮政策

A rigid ***tight money policy*** will affect smaller enterprises adversely. 嚴格的貨幣緊縮政策對中小企業將有不利的影響。
【adversely〔′ædvɝslɪ〕*adv.* 不利地】

turn out
生產

The new factory ***turns out*** 500 TV sets a day. 新工廠一天可生產五百台電視機。

turnover〔′tɝn‚ovɚ〕
n. 成交量；交易額

Turnover totaled 9,400,000 shares.
總計成交量為九百四十萬股。

two-way trade
雙向貿易

The present $3.5 billion ***two-way trade*** between the U.S. and Korea will grow to $50 billion in the near future. 目前美國與韓國的雙向貿易額三十五億美元。在不久的將來，將增加至五百億美元。

underdeveloped
〔͵ʌndɚdɪˋvɛləpt〕
adj. 低度開發的

The U.S. has urged large dollar-holding countries to cooperate more actively in the development of hitherto **underdeveloped** countries.

美國催促持有大量美金的國家要積極與目前仍爲低度開發的國家合作，以促進其發展。

undiminished
〔͵ʌndəˋmɪnɪʃt〕
adj. 不減的

The number of international holidaymakers has remained **undiminished** by the recent terror alert.

從事跨國旅遊的人數並沒有因爲最近的恐怖攻擊警戒而減少。

unemployment rate
失業率

Thanks to rising exports, Taiwan's **unemployment rate** fell to the its lowest point in more than five years last month.

由於出口增加，台灣的失業率在上個月降至五年來的最低點。

unveil〔ʌnˋvel〕
v. 公佈；揭露

The government **unveiled** a new economic stimulus package last week.

政府在上週公佈一個刺激經濟成長的新方案。

upturn〔ˋʌp͵tɝn〕
n. 好轉；上升

They will see a business **upturn** in the last half of 2006.

他們將會在二○○六年下半年看到生意好轉。

venture capital
創業投資；風險資本

The new company is seeking support from a well-known **venture capital** firm.

這家新公司正在尋求知名創業投資公司的支持。

vicious circle
惡性循環

It is difficult to break the ***vicious circle*** of prices and wages.
要打破物價與薪資的惡性循環是很困難的。

volume 〔'vɑljəm 〕
n. 數量

Cathay Plastic Corporation has a sales ***volume*** of a million dollars each year.
國泰塑膠公司每年的銷售量有一百萬美元。

W · Y

wage freeze
薪資凍結

The President imposed a ***wage freeze*** for six months. 總統下令凍結薪資六個月。
【薪資凍結及多勞無法多得，在短期內可以抑制物
價上揚】

wage increase
工資提高

The chief union demand is for an immediate 25 percent ***wage increase***.
工會的主要要求是工資立即提高百分之二十
五。

walk out　聯合罷工

The men in this factory ***walked out*** last week.
工廠裡的員工上星期發動聯合罷工。

welfare 〔'wɛl,fɛr 〕
n. 福利

Representatives from 35 human rights and social ***welfare*** organizations held a conference yesterday on HIV-positive children.
三十五個人權組織與社會福利聯盟的代表，昨
天爲愛滋病帶原兒童召開了一場會議。

wholesale 〔ˈhol͵sel 〕
v. 批發；大量出售

Last year Mr. Ford *wholesaled* about ten thousand new autos.
去年福特先生批發賣出了大約一萬輛新車。

working capital
流動資金

About $2,000 remained for *working capital*.
大約還有兩千美元的流動資金。

work to rule
怠工

Instead of going on strike, the men decided to *work to rule*.
這些人決定採取怠工的方式，而不進行罷工。
【工人為達到某種目的或取得某項利益，在特定日
　　期內，故意降低工作效率的行動。】

World Bank
世界銀行

Indonesia awaited *World Bank* approval of a $9 million loan.
印尼在等世界銀行同意貸款九百萬美元給它。

World Trade Organization
　世界貿易組織
　(= *WTO*)

The *WTO* threatened sanctions against countries that do not take immediate action to better protect international copyrights.
世界貿易組織威脅將對沒有採取立即措施保護
國際著作權的國家實行制裁。

yield 〔 jild 〕
n. 投資收益

Time Warner Inc. earned $ 9,000,000 on revenues of $ 271,300,000 — a *yield* of about 3.3 percent.
時代華納公司收入二億七千一百三十萬美元，
淨賺九百萬美元——投資收益大約是百分之三
點三。

▶▶ 3. ICRT商業新聞常用字彙

貿易一般用語

- [ ] **accounting**〔əˋkauntɪŋ〕*n.* 會計
- [ ] **accumulate**〔əˋkjumjə͵let〕*v.* 累積
- [ ] **acquisition**〔͵ækwəˋzɪʃən〕*n.* 收購
- [ ] **adversary**〔ˋædvɚ͵sɛrɪ〕*n.* 敵手
- [ ] **annual rate** 年利率

- [ ] **approximate to** 約等於
- [ ] **automaker**〔ˋɔtə͵mekɚ〕*n.* 汽車製造商
- [ ] **bargain**〔ˋbɑrgɪn〕*n.* 買賣；特價品
- [ ] **beneficiary**〔͵bɛnəˋfɪʃərɪ〕*n.* 受益人
- [ ] **benefit**〔ˋbɛnəfɪt〕*n.* 利益

- [ ] **branch**〔bræntʃ〕*n.* 分行
- [ ] **bubble-proof market** 不容易泡沫化的房地產市場
- [ ] **budget**〔ˋbʌdʒɪt〕*n.* 預算
- [ ] **businessman**〔ˋbɪznɪs͵mæn〕*n.* 商人
- [ ] **buying and selling** 買賣

- [ ] **capital**〔ˋkæpətḷ〕*n.* 資金；資本家
- [ ] **cash**〔kæʃ〕*n.* 現金
- [ ] **chain store** 連鎖商店
- [ ] **Chief Executive Officer** 執行長；總裁【簡稱 CEO】

☐ **circulation** (ˌsɝkjə'leʃən) *n.* 流通；貨幣

☐ **clear** (klɪr) *v.* 淨賺；(票據) 交換結算

☐ **commerce** ('kɑmɝs) *n.* 商業

☐ **compensate** ('kɑmpən,set) *v.* 償還

☐ **competition** (ˌkɑmpə'tɪʃən) *n.* 競爭

☐ **consultancy** (kən'sʌltənsɪ) *n.* 顧問公司

☐ **consumer** (kən'sumɚ) *n.* 消費者

☐ **contact** ('kɑntækt) *n.* 接觸；聯繫

☐ **convert** (kən'vɝt) *v.* 轉變；改變

☐ **corporation** (ˌkɔrpə'reʃən) *n.* 團體；公司

☐ **crude oil** 原油

☐ **customs** ('kʌstəmz) *n.* 海關；關稅

☐ **dealer** ('dilɚ) *n.* 商人

☐ **debt** (dɛt) *n.* 債

☐ **deposit** (dɪ'pɑzɪt) *n.* 存款

☐ **discount** ('dɪskaʊnt) *n.* 折扣

☐ **discounter** ('dɪskaʊntɚ) *n.* 折扣商店

☐ **distribution** (ˌdɪstrə'bjuʃən) *n.* 分配；供銷

☐ **domestic market** 國內市場

☐ **downgrade** ('daʊn,gred) *n.* 向下的趨勢

▶The department store is offering an 75 percent **discount** during its closing sale.
這家百貨公司的結束營業大特賣打 2.5 折。

☐ **drum up** 招攬

☐ **earmark**〔'ɪr,mɑrk〕*v.* 指撥（款項）；指定…作特定用途

☐ **economic commentator** 經濟評論員

☐ **economist**〔ɪ'kɑnəmɪst〕*n.* 經濟學家

☐ **economy**〔ɪ'kɑnəmɪ〕*n.* 經濟；節約

☐ **employment**〔ɪm'plɔɪmənt〕*n.* 職業；雇用

☐ **enhance**〔ɪn'hæns〕*v.* 提高（價格）；增加（價值）

☐ **equipment**〔ɪ'kwɪpmənt〕*n.* 設備

☐ **estimate**〔'ɛstəmɪt〕*n.* 估計

☐ **expenditure**〔ɪk'spɛndɪtʃə〕*n.* 支出；費用

☐ **expense**〔ɪk'spɛns〕*n.* 開支

☐ **external**〔ɪk'stɜnḷ〕*adj.* 對外的；外國的

☐ **external deficit** 對外貿易赤字

☐ **external surplus** 對外盈餘；順差

☐ **fare**〔fɛr〕*n.* 車資

☐ **financial**〔faɪ'nænʃəl〕*adj.* 財政的；金融的

☐ **fiscal**〔'fɪskḷ〕*adj.* 財政的；會計的

☐ **fiscal year** 會計年度

☐ **fixed-rate** 固定利率

☐ **flagship**〔'flæg,ʃɪp〕*n.* 旗艦；（同業中的）佼佼者

☐ **floating exchange rate** 浮動匯率

☐ **floor**〔flor〕*n.* 最低標準；交易所

☐ **freight**〔fret〕*n.* 貨運

☐ **front runner** 領先者

☐ **gasoline**〔'gæsḷ,in〕*n.* 汽油

- [ ] **hard landing** 硬著陸【指由於政府採取行政手段過於猛烈，導致經濟急速重挫，甚至全面失控。】
- [ ] **imbalance** ﹝ ɪm'bæləns ﹞ *n.* 不平衡
- [ ] **imperative** ﹝ ɪm'pɛrətɪv ﹞ *adj.* 急需的
- [ ] **income** ﹝'ɪn,kʌm ﹞ *n.* 收入
- [ ] **indebted** ﹝ ɪn'dɛtɪd ﹞ *adj.* 負債的

- [ ] **industrialist** ﹝ ɪn'dʌstrɪəlɪst ﹞ *n.* 實業家
- [ ] **installation** ﹝,ɪnstə'leʃən ﹞ *n.* 設置
- [ ] **institution** ﹝,ɪnstə'tjuʃən ﹞ *n.* 機構
- [ ] **insurance** ﹝ ɪn'ʃurəns ﹞ *n.* 保險
- [ ] **interest** ﹝'ɪntrɪst ﹞ *n.* 利息

- [ ] **interest rate** 利率
- [ ] **international oil market** 國際石油市場
- [ ] **labor** ﹝'lebɚ ﹞ *n.* 勞動
- [ ] **lay off** 臨時解雇
- [ ] **lending rate** 貸款利率

- [ ] **levy** ﹝'lɛvɪ ﹞ *v.* 徵稅
- [ ] **maintenance cost** 維修費
- [ ] **margin** ﹝'mɑrdʒɪn ﹞ *n.* 利潤
- [ ] **market** ﹝'mɑrkɪt ﹞ *n.* 市場
- [ ] **merchant vessel** 商船

- [ ] **monetary** ﹝'mʌnə,tɛrɪ ﹞ *adj.* 貨幣的
- [ ] **money market** 金融市場；貨幣市場；短期資金市場
- [ ] **monopoly** ﹝ mə'nɑplɪ ﹞ *n.* 壟斷；專賣；獨占
- [ ] **moratorium** ﹝,mɔrə'torɪəm ﹞ *n.* 延期償付
- [ ] **mortgage** ﹝'mɔrgɪdʒ ﹞ *n.* 抵押
- [ ] **official discount rate** 公定貼現率

☐ **operate**〔ˈɑpəˌret〕*v.* 經營；操縱
☐ **outlay**〔ˈaʊtˌle〕*n.* 花費；開銷
☐ **outlook**〔ˈaʊtˌlʊk〕*n.* 展望；前景
☐ **output**〔ˈaʊtˌpʊt〕*n.* 產量；生產
☐ **overvalued**〔ˈovəˈvæljud〕*adj.* 估價過高的

☐ **pare down** 減少；節省
☐ **payment**〔ˈpemənt〕*n.* 支付
☐ **pigeonhole**〔ˈpɪdʒənˌhol〕*n.* 分類（檔案）架
☐ **pledge**〔plɛdʒ〕*n.* 典當；抵押
☐ **pricey**〔ˈpraɪsɪ〕*adj.* 貴的

☐ **profit**〔ˈprɑfɪt〕*n.* 利潤
☐ **project**〔ˈprɑdʒɛkt〕*n.* 計畫
☐ **prudent**〔ˈprudənt〕*adj.* 謹慎的
☐ **purchase**〔ˈpɜtʃəs〕*n.* 購買
☐ **ratio**〔ˈreʃo〕*n.* 比例

☐ **real estate** 不動產
☐ **regulation**〔ˌrɛgjəˈleʃən〕*n.* 管理；規則
☐ **retailer**〔ˈritelə〕*n.* 零售商
☐ **robust**〔roˈbʌst〕*adj.* 健全的
☐ **rollback**〔ˈrolˌbæk〕*n.* 物價回跌

☐ **runaway**〔ˈrʌnəˌwe〕*adj.* 發展迅速的；飛漲的
☐ **security**〔sɪˈkjʊrətɪ〕*n.* 擔保品；保證金
☐ **share**〔ʃɛr〕*n.* 股份；股票
☐ **ship breaking industry** 拆船業
☐ **slowdown**〔ˈsloˌdaʊn〕*n.* 減速；緩慢；怠工

☐ **smuggle** ('smʌgl) *v.* 走私

☐ **specialize** ('spɛʃəl͵aɪz) *v.* 專攻

☐ **sponsor** ('spɑnsə) *n.* 保證人；贊助者

☐ **supplier** (sə'plaɪə) *n.* 供給者

☐ **tax** (tæks) *n.* 稅

☐ **textile** ('tɛkstaɪl) *n.* 紡織品

☐ **trade gap** 貿易差額

☐ **trafficker** ('træfɪkə) *n.* 商人

☐ **transaction** (trænz'ækʃən) *n.* 業務；交易

☐ **treasury** ('trɛʒərɪ) *n.* 資金；金庫

☐ **trillion** ('trɪljən) *n.* 一兆

☐ **tycoon** (taɪ'kun) *n.* 大實業家；大亨；巨頭

☐ **unsold** (ʌn'sold) *adj.* 未出售的

☐ **upgrade** ('ʌp'gred) *v. n.* 提昇

☐ **upscale** ('ʌp͵skel) *adj.* 高檔的

☐ **Value-Added Tax (VAT)** 加值稅

☐ **venture** ('vɛntʃə) *n.* 冒險事業；投機

☐ **venturer** ('vɛntʃərə) *n.* 投機商人

☐ **Wall Street** 華爾街【美國主要金融中心】

☐ **worthless** ('wɝθlɪs) *adj.* 無價值的；無用的

證券交易

☐ **active trading** 貿易市場活躍

☐ **amount** (ə'maʊnt) *n.* 數量；總額

☐ **auction** ('ɔkʃən) *v. n.* 拍賣

☐ **bid** (bɪd) *v.* 出價；投標

☐ **blue chip** 績優股

☐ **broker**〔'brokə〕*n.* 股票經紀人

☐ **buoyant**〔'bɔɪənt〕*adj.* 上漲的；行情看漲的

☐ **change hands** （財產）變更所有人；轉手；易主

☐ **close at~** 收盤價格爲~

☐ **composite index** 綜合指數

☐ **corporate**〔'kɔrpərɪt〕*adj.* 法人組織的；團體的

☐ **decline**〔dɪ'klaɪn〕*v.* 價格下跌

☐ **depreciate**〔dɪ'priʃɪ,et〕*v.* 減價；跌價

☐ **Dow Jones Industrial Average** 道瓊工業平均指數

☐ **down**〔daʊn〕*v.* （價格）下降

☐ **ease off** 減少；減輕

☐ **equity**〔'ɛkwətɪ〕*n.* 普通股；股票

☐ **equivalent**〔ɪ'kwɪvələnt〕*adj.* 相等的

☐ **fall**〔fɔl〕*v.* 下跌

☐ **fluctuation**〔,flʌktʃʊ'eʃən〕*n.* （匯兌行市等的）波動

☐ **forecast**〔'for,kæst〕*n.* 預測

☐ **index**〔'ɪndɛks〕*n.* 指數

☐ **IPO (Initial Public Offering)** 首次公開發行

☐ **irregular**〔ɪ'rɛgjələ〕*adj.* 不穩定的

☐ **lackluster**〔'læk,lʌstə〕*adj.* （經濟或市場）無生氣的

☐ **limit down** 跌停板

☐ **limit up** 漲停板

☐ **lose**〔luz〕*v.* 損失

☐ **lower**〔'loə〕*v.* 降低

☐ **moderate trading** 貿易市場緩和

☐ **Nasdaq Composite** 那斯達克綜合指數【為高科技產業的重要指標】

☐ **note**〔not〕*n.* 票據；證券

☐ **outperform**〔ˌaʊtpɚ'fɔrm〕*v.* 勝過…

☐ **over-the-counter** 不在交易場所交易的；店頭市場

☐ **pullback**〔'pʊlˌbæk〕*n.*（股市）拉回

☐ **quadruple**〔kwɑd'rupḷ〕*adj.* 四倍的

☐ **recover**〔rɪ'kʌvɚ〕*v.*（價格）回升

☐ **reduction**〔rɪ'dʌkʃən〕*n.* 減低

☐ **rise**〔raɪz〕*v.* 上漲

☐ **session**〔'sɛʃən〕*n.*（交易所的）進行交易

☐ **shed**〔ʃɛd〕*v.* 落下

☐ **shrink**〔ʃrɪŋk〕*v.*（價格上的）縮減

☐ **sink**〔sɪŋk〕*v.* 投資於

☐ **speculative favorite** 愛好風險者

☐ **spurt**〔spɝt〕*v.*（價格上的）暴漲

☐ **stock exchange** 證券交易

☐ **trade**〔tred〕*n.* 買賣；貿易

☐ **troy**〔trɔɪ〕*n.* 金衡制（金銀寶石的衡量制）

商務洽談

☐ **accord**〔ə'kɔrd〕*v.* 一致

☐ **adjourned meeting** 延期會議

☐ **adviser**〔əd'vaɪzɚ〕*n.* 顧問

☐ **announce**〔ə'naʊns〕*v.* 正式宣告

☐ **assert**〔ə'sɝt〕*v.* 斷言；證明

☐ **assessment** ﹝ əˈsɛsmənt ﹞ *n.* 估計;評估
☐ **bidder** ﹝ˈbɪdɚ﹞ *n.* 出價人;投標人
☐ **bilateral** ﹝ baɪˈlætərəl ﹞ *adj.* 兩邊的;雙方的
☐ **board** ﹝ bord ﹞ *n.* 理事會;委員會

▶**Bidders** are bidding against each other to win the prize in the auction. 投標者爭相競標,以贏得這場拍賣的獎品。

☐ **carry out** 實行
☐ **circumvent** ﹝ˌsɝkəmˈvɛnt ﹞ *v.* 規避;遏阻
☐ **claim** ﹝ klem ﹞ *n.* 要求;主張
☐ **cocktail reception** 雞尾酒會
☐ **complaint** ﹝ kəmˈplent ﹞ *n.* 控訴;抱怨

☐ **consulting firm** 顧問公司
☐ **contemplate** ﹝ˈkɑntəmˌplet ﹞ *v.* 盤算;計議
☐ **contract** ﹝ˈkɑntrækt ﹞ *n.* 契約;合同
☐ **convene** ﹝ kənˈvin ﹞ *v.* 集合;開會
☐ **convention** ﹝ kənˈvɛnʃən ﹞ *n.* 會議;協定

☐ **deadline** (ˈdɛd,laɪn) *n.* 截止時間

☐ **deal** (dil) *n.* 交易

☐ **economical** (ˌikəˈnɑmɪkḷ) *adj.* 經濟的；節約的

☐ **elimination** (ɪˌlɪməˈneʃən) *n.* 排除

☐ **expire** (ɪkˈspaɪr) *v.* 期滿；到期

☐ **exploit** (ɪkˈsplɔɪt) *v.* 開發

☐ **fetch** (fɛtʃ) *v.* 售得；賣得

☐ **guarantee** (ˌgærənˈti) *n.* 擔保；保證

☐ **haggle** (ˈhægḷ) *v.* 爭論；討價還價

☐ **hold a press conference** 舉行記者招待會

☐ **implementation** (ˌɪmpləmɛnˈteʃən) *n.* 履行；實施

☐ **intervention** (ˌɪntəˈvɛnʃən) *n.* 調停；仲裁

☐ **lawmaker** (ˈlɔ,mekə) *n.* 立法者

☐ **lease** (lis) *n.* 租賃契約

☐ **legislative process** 立法程序

☐ **merger** (ˈmɝdʒə) *n.* (公司等的) 合併

☐ **negotiator** (nɪˈgoʃɪ,etə) *n.* 談判者

☐ **oppose** (əˈpoz) *v.* 反對

☐ **outcome** (ˈaʊt,kʌm) *n.* 結果

☐ **pact** (pækt) *n.* 協定；公約

☐ **postpone** (postˈpon) *v.* 延遲；耽擱

☐ **procedure** (prəˈsidʒə) *n.* 手續；程序

☐ **protracted negotiation** 延長之談判、交涉

☐ **rebuff** (rɪˈbʌf) *v.* 斷然拒絕

☐ **recommend** (ˌrɛkəˈmɛnd) *v.* 推薦

☐ **result** (rɪˈzʌlt) *n.* 結果

☐ **revise**〔rɪ'vaɪz〕*v.* 修訂
☐ **sanction**〔'sæŋkʃən〕*n.* 批准；認可
☐ **schedule**〔'skɛdʒʊl〕*n.* 時間表；預定表
☐ **settlement**〔'sɛtḷmənt〕*n.* 解決
☐ **shelve**〔ʃɛlv〕*v.* 使中止；使延期

☐ **status quo** 現狀
☐ **tentative agreement** 暫時性的協議
☐ **threat**〔θrɛt〕*n.* 威脅
☐ **violate**〔'vaɪə,let〕*v.* 違反

生產

☐ **agriculture**〔'ægrɪ,kʌltʃɚ〕*n.* 農業
☐ **annual production** 年產量
☐ **barrel**〔'bærəl〕*n.* 大桶
☐ **basic industry** 基礎工業
☐ **by-product**〔'baɪ,prɑdəkt〕*n.* 副產品

☐ **certification**〔,sɝtəfə'keʃən〕*n.* 檢定；證明
☐ **chemical industry** 化學工業
☐ **corn**〔kɔrn〕*n.* 玉蜀黍
☐ **cost-cutting** 削減成本
☐ **current production level** 目前生產水準

☐ **durable goods** 耐用產品
☐ **efficiency**〔ə'fɪʃənsɪ〕*n.* 效能
☐ **exceed**〔ɪk'sid〕*v.* 超過
☐ **excess**〔ɪk'sɛs〕*n.* 超額；過度
☐ **fabric**〔'fæbrɪk〕*n.* 布；結構

- [ ] **factory** (ˈfæktərɪ) *n.* 工廠
- [ ] **firm** (fɝm) *n.* 工廠
- [ ] **fishery** (ˈfɪʃərɪ) *n.* 漁業
- [ ] **glut** (glʌt) *v.* 過多;(商品) 供應過剩
- [ ] **goods** (gʊdz) *n. pl.* 貨物

- [ ] **govern** (ˈgʌvən) *v.* 管理;統制
- [ ] **high-technology** 高科技
- [ ] **improvement** (ɪmˈpruvmənt) *n.* 改良
- [ ] **industrialize** (ɪnˈdʌstrɪəlˌaɪz) *v.* 工業化
- [ ] **ingredient** (ɪnˈgridɪənt) *n.* 成份

- [ ] **light industry** 輕工業
- [ ] **livestock** (ˈlaɪvˌstɑk) *n.* 家畜
- [ ] **manufacturer** (ˌmænjəˈfæktʃərə) *n.* 製造商
- [ ] **manufacturing** (ˌmænjəˈfæktʃərɪŋ) *adj.* 製造業的
- [ ] **material** (məˈtɪrɪəl) *n.* 材料

- [ ] **modernize** (ˈmɑdənˌaɪz) *v.* 使現代化
- [ ] **natural gas** 天然氣
- [ ] **outsourcing** (ˈaʊtˌsɔrsɪŋ) *n.* 向國外採購零件
- [ ] **package** (ˈpækɪdʒ) *n.* 包裝;整批
- [ ] **petrochemical industry** 石油化學工業

- [ ] **petroleum** (pəˈtrolɪəm) *n.* 石油
- [ ] **power** (ˈpaʊə) *n.* 電力
- [ ] **processed food** 加工食品
- [ ] **product** (ˈprɑdəkt) *n.* 產品;產物
- [ ] **quality** (ˈkwɑlətɪ) *n.* 品質

☐ **quality certificate** 品質保證書

☐ **quality control** 品質控管

☐ **quarter**〔'kwɔrtɚ〕*n.* 四分之一

☐ **rank**〔ræŋk〕*n.* 等級

☐ **reckon**〔'rɛkən〕*v.* 計算；合計

☐ **reserve**〔rɪ'zɝv〕*n.* 儲存的物品

☐ **shipment**〔'ʃɪpmənt〕*n.* 裝船

☐ **shortfall**〔'ʃɔrt,fɔl〕*n.* 不足

☐ **specialty**〔'spɛʃəltɪ〕*n.* 特級品；名產

☐ **statistics**〔stə'tɪstɪks〕*n.* 統計學

☐ **steel maker** 鋼鐵製造商

☐ **stockpile**〔'stɑk,paɪl〕*n.* 儲備物資

☐ **storage**〔'storɪdʒ〕*n.* 貯藏

☐ **supply control** 供輸控制

☐ **ton**〔tʌn〕*n.* 噸

☐ **tonnage**〔'tʌnɪdʒ〕*n.*（船舶的）噸數；載重量

☐ **trade mark** 商標

商業政策

☐ **anti-counterfeit**〔,æntɪ'kaʊntɚfɪt〕*n.* 反仿冒

☐ **anti-dumping**〔,æntɪ'dʌmpɪŋ〕*n.* 反傾銷

☐ **ban**〔bæn〕*v.* 查禁；下令禁止

☐ **bar**〔bɑr〕*v.* 禁止

☐ **buildup**〔'bɪld,ʌp〕*n.*（推出新產品之前）宣傳；廣告

☐ **capitalism**〔'kæpətḷ,ɪzəm〕*n.* 資本主義

☐ **countermeasure** (ˈkaʊntəˌmɛʒə) *n.* 抵制措施；報復手段

☐ **curtail** (kɜˈtel) *v.* 削減

☐ **drastic** (ˈdræstɪk) *adj.* 猛烈的；激烈的

☐ **dumping** (ˈdʌmpɪŋ) *n.* 傾銷

☐ **economic sanctions** 經濟制裁

☐ **embargo** (ɪmˈbargo) *n.* 禁止通商；禁運

☐ **enforce** (ɪnˈfors) *v.* 強迫

☐ **fiscal policy** 財政政策

☐ **free trade zone** 自由貿易區

☐ **promote** (prəˈmot) *v.* 提倡；推廣（商品）

☐ **quota** (ˈkwotə) *n.* 商品配額；限額

☐ **restriction** (rɪˈstrɪkʃən) *n.* 限制

☐ **trade restriction** 貿易限制

金融經濟動向

☐ **analysis** (əˈnæləsɪs) *n.* 分析

☐ **balance** (ˈbæləns) *n.* 結餘

☐ **bankrupt** (ˈbæŋkrʌpt) *v.* 破產

☐ **bog down** 停頓；動彈不得

☐ **boost** (bust) *v.* 增加；提高

☐ **brisk** (brɪsk) *adj.* 繁榮的；興盛的

☐ **deal a hard blow** 狠狠打擊

☐ **depressed** (dɪˈprɛst) *adj.* 蕭條的；不景氣的

☐ **doldrums** (ˈdaldrəmz) *n.* 停滯；消沉

☐ **down slide** （物價等的）下跌

☐ **economic recovery** 經濟復甦

☐ **Foreign Exchange Market** 外匯交易市場

☐ **freeze**〔friz〕*v.* 封存;凍結

☐ **growth rate** 成長率

▶Foreign Exchange Rate
外匯率

USD:美元　　CNY:人民幣
GBP:英鎊　　NZD:紐元
CAD:加幣　　HKD:港幣
DKK:丹麥克朗
AUD:澳幣　　TWD:新台幣
EUR:歐元　　JPY:日圓
THB:泰銖

☐ **impact**〔ɪm'pækt〕*v.* 影響;衝擊

☐ **impede**〔ɪm'pid〕*v.* 妨礙

☐ **incentive**〔ɪn'sɛntɪv〕*n.* 刺激;動機

☐ **lag**〔læg〕*v.*(經濟發展)落後;延遲

☐ **long-term outlook** 長期展望

☐ **moderate growth** 成長緩和

☐ **monetary easing** 金融緩和;寬鬆貨幣政策

☐ **paralyze**〔'pærə,laɪz〕*v.* 使癱瘓

☐ **plummet**〔'plʌmɪt〕*v.*(商品價格)快速下跌

- [ ] **potential** ﹝ pəˈtɛnʃəl ﹞ *adj.* 潛在的
- [ ] **predict** ﹝ prɪˈdɪkt ﹞ *v.* 預言
- [ ] **prospect** ﹝ˈprɑspɛkt ﹞ *n.* 期望
- [ ] **prosperity** ﹝ prɑsˈpɛrətɪ ﹞ *n.* 成功;繁榮

- [ ] **rampant** ﹝ˈræmpənt ﹞ *adj.* 猖獗的
- [ ] **reflect** ﹝ rɪˈflɛkt ﹞ *v.* 反映
- [ ] **reversal** ﹝ rɪˈvɝsḷ ﹞ *n.* 倒轉
- [ ] **revive** ﹝ rɪˈvaɪv ﹞ *v.* 使復甦;重振

- [ ] **scale** ﹝ skel ﹞ *n.* 等級;規模
- [ ] **seller's market** 賣方市場【商品短缺而對賣方有利的市場】
- [ ] **slack** ﹝ slæk ﹞ *n.* (市況) 蕭條;不景氣
- [ ] **sluggish** ﹝ˈslʌgɪʃ ﹞ *adj.* 遲緩的;不景氣的
- [ ] **stability** ﹝ stəˈbɪlətɪ ﹞ *n.* 穩定

- [ ] **stagflation** ﹝ stægˈfleʃən ﹞ *n.* 停滯型膨脹;經濟衰弱下的物價上漲
- [ ] **surge** ﹝ sɝdʒ ﹞ *v.* 激增
- [ ] **trend** ﹝ trɛnd ﹞ *n.* 趨勢;流向
- [ ] **turn the corner** 好轉;渡過難關
- [ ] **upward trend** (物價等的) 上升趨勢

商業組織、團體、代表

- [ ] **agency** ﹝ˈedʒənsɪ ﹞ *n.* 代理商;經銷處
- [ ] **agent** ﹝ˈedʒənt ﹞ *n.* 代理人;經紀人

☐ **APEC (Asia-Pacific Economic Cooperation)**
　亞洲太平洋經濟合作組織

☐ **appointee**〔ə͵pɔɪn'ti〕*n.* 被任命者

☐ **banker**〔'bæŋkɚ〕*n.* 銀行家

☐ **cartel**〔kɑr'tɛl〕*n.* 同業聯盟

☐ **Chamber of Commerce** 商會

☐ **combine**〔kəm'baɪn〕*n.* 企業聯營組織

☐ **Commerce Department** 商務部門

☐ **deputy**〔'dɛpjətɪ〕*n.* 代理人；代表

☐ **Economic and Social Council of the United Nations**
　聯合國經濟社會理事會

☐ **EU (European Union)** 歐洲聯盟【簡稱「歐盟」】

☐ **Finance Ministry** 財政部

☐ **GATT (General Agreement on Tariffs and Trade)**
　關稅暨貿易總協定

☐ **G8 Summit** 八國高峰會議（*G8 = the group of eight*）

☐ **IEA (International Energy Agency)** 國際能源組織

☐ **ILO (International Labor Organization)** 國際
　勞工組織

☐ **manager**〔'mænɪdʒɚ〕*n.* 經理

☐ **managing director** 總經理

☐ **OPEC (the Organization of Petroleum Exporting
　Countries)** 石油輸出國家組織

☐ **organizer**〔'ɔrgən͵aɪzɚ〕*n.* 組織者

- [ ] **partner**〔ˋpɑrtnɚ〕*n.* 股東
- [ ] **privately-owned** 私有的
- [ ] **state-run** 國營的
- [ ] **the Consumers Foundation** 消費者文教基金會
- [ ] **WTO (World Trade Organization)** 世界貿易組織

主要國家幣制

- [ ] **dollar**〔ˋdɑlɚ〕*n.* 元（美國、加拿大等的貨幣單位）
- [ ] **Euro**〔ˋjʊro〕*n.* 歐元（歐盟的統一貨幣單位）
- [ ] **franc**〔ˋfræŋk〕*n.* 法郎（法國、比利時的貨幣單位）
- [ ] **guilder**〔ˋgɪldɚ〕*n.* 基爾德（荷蘭貨幣單位）
- [ ] **lira**〔ˋlɪrə〕*n.* 里拉（義大利、土耳其的貨幣單位）

- [ ] **mark**〔mɑrk〕*n.* 馬克（德國貨幣單位）
- [ ] **NT dollar** 新台幣
- [ ] **pound**〔paʊnd〕*n.* 鎊（英國貨幣單位）
- [ ] **ruble**〔ˋrublʲ〕*n.* 盧布（俄國貨幣單位）
- [ ] **rupee**〔ruˋpi〕*n.* 盧比（印度的貨幣單位）
- [ ] **yen**〔jɛn〕*n.* 日圓（日本的貨幣單位）
- [ ] **yuan**〔juˋɑn〕*n.* 元（中國的貨幣單位）

▸▸ 4.ICRT商業新聞實況播報

　　看過實況例句與常用字彙後，相信你對商業新聞字彙已經有一定的了解，因此本章節準備了數則商業新聞稿，每篇新聞稿都將在限定秒數內播報完畢，讀者可以一邊播放 MP3，一邊測試自己的聽力與理解力，準備好了嗎？測驗開始！

□ 字彙測驗

時間限制：12 秒

　　The **Nasdaq composite** was **boosted** on Monday by falling oil prices and a **buoyant** tech sector, but the **Dow** remained **stagnant**.

➡ 因為油價下跌和科技類股**上漲**，**那斯達克綜合指數**在週一呈現**上揚**，但**道瓊工業指數**仍然**停滯不前**。

時間限制：15 秒

　　According to a government report, although **consumers** have benefited from rising **incomes** and falling **gasoline prices**, consumer spending has not increased.

➡ 根據政府的報告指出，雖然**消費者**因為**收入**增加以及**油價**下跌而獲益，但是消費性支出並沒有增加。

時間限制：9 秒

Gasoline prices have **surged** recently as the available supply of crude oil has **shrunk**.

➠ 近來石油價格**飆漲**，是因為原油的供應**減少**。

時間限制：16 秒

Agricultural subsidies and **import tariffs** were the main stumbling blocks in **trade talks** between the **US, EU**, and the main developing nations.

➠ **農業補助**和**進口關稅**，是**美國**、**歐盟**，以及其他主要開發中國家在**貿易商談**時的主要障礙。

時間限制：12 秒

The government has proposed setting up a **fund** to help companies in the textile industry **modernize** their plants.

➠ 政府提議設立一筆**資金**來幫助紡織公司的工廠**現代化**。

時間限制：12 秒

Industrial nations fear that **OPEC** will **curb** its **output** in response to dramatically falling oil prices.

➠ 工業國家怕**石油輸出國家組織**為了因應油價暴跌，會**限制**石油**生產**。

第 5 章
ICRT社會新聞實況字彙

1. 透視ICRT社會新聞字彙
2. ICRT社會新聞高頻率字彙－實況例句
3. ICRT社會新聞常用字彙
4. ICRT社會新聞實況播報－字彙測驗

▸▸ 1. 透視ICRT社會新聞字彙

　　ICRT 的社會新聞報導，是嚴肅的新聞節目裡，最生活化的一項，聽眾也最容易進入狀況。常聽到的社會新聞一般可分為 Foreign News（國外社會新聞）及 Taiwan News（台灣社會新聞）。Foreign News 針對世界各國的社會百態，報導驚人或罕見的社會消息，可說是世界的萬花筒。Taiwan News 主要報導台灣的社會動態，舉凡犯罪消息、風俗節慶、文教活動等均有概括性的報導。

社會新聞字彙趣味十足

　　本章依照 ICRT 社會新聞的報導內容，區分為九大類，包括**風俗流行、娛樂、交通、災害、公害、犯罪、教育、文化、法庭**等。另外，又蒐集了社會報導一般用語，使讀者能一窺社會新聞的全貌。

　　為了增加社會新聞的趣味性，ICRT 偶而也會穿插一些 Human Interest Stories（人間趣聞）或是 Celebrity Gossip（名人八卦）。這些報導是新聞報導的潤滑劑，播報員也會以輕鬆的口吻來描述，因此在字彙的運用上，也會比較俏皮多變化。這些字我們分別收錄在**風俗流行、娛樂**及**文化類**，待您細細品味。

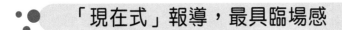

「現在式」報導，最具臨場感

ICRT 社會新聞有一個最大的特色，即時態的使用以**現在式**佔絕大部分。

實例

☆ ICRT **社會快報**

American actor Keanu Reeves **says** that he would like to remarry and have a family. In a tragic accident in 2001, Keanu's pregnant wife was killed in a car crash. The 41-year-old star **says** he still deeply mourns the loss of his wife and unborn child but is ready to move on with his life.

美國男演員基努李維表示，他想要再婚，並組織一個家庭。在二○○一年的一場意外中，基努懷孕的老婆因車禍而去世。這位四十一歲的巨星表示，他依然對失去妻子以及未能出世的小孩，感到強烈的哀痛，但是他已經準備好要繼續好好活下去。

【說明】

就事件發生的時間來看，動詞應該用過去式才對，但是這則新聞卻幾乎都用現在式，這是因為要特別強調社會新聞的生動、逼真感。**使聽眾在聽廣播時，能有現場感。**這則快報除了 was killed 以外，全都用現在式，讓聽眾感到整個事件正在進行。如果把時式全改為過去式，事件的敘述會變得呆板而沒有活力。

➤➤ 2.ICRT社會新聞高頻率字彙

實況例句

A

accessory
〔æk'sɛsərɪ〕
n. 幫兇；同謀

He was charged with being an *accessory* after the fact in the murder.
他在這起謀殺案中被控為幫兇。

accident
〔'æksədənt〕
n. 意外；事故

Mary's elder sister died in a car *accident* years ago.
瑪麗的姐姐幾年前車禍身亡。

accuse 〔ə'kjuz〕
v. 控告；譴責

That famous actress *accused* a newspaper of spreading unfounded gossip. 那位有名的女演員控告一份報紙散播沒有根據的八卦。

air pollution
空氣污染

Big cities are suffering from *air pollution*.
大都市正因空氣污染而受害。

arson 〔'ɑrsn̩〕
n. 縱火（罪）

The police are investigating an *arson* attack that killed three firefighters yesterday. 警方正在調查造成三名消防員死亡的縱火攻擊。

attack 〔ə'tæk〕
n. 攻擊

Insurgents hope the bomb *attack* will trigger more divisions.
暴動者希望炸彈攻擊能引發更多分裂。

assault
〔 ə'sɔlt 〕
v. 攻擊；襲擊

36-year-old British supermodel Naomi Campbell was charged with *assaulting* her drug counselor.
三十六歲的英國名模娜歐咪‧坎貝爾日前被控攻擊她的藥物諮詢師。

authority
〔 ə'θɔrətɪ 〕
n. 權威專家；當局

He is an *authority* on Chinese problems.
他是中國問題的權威。

avalanche
〔 'ævḷ,æntʃ 〕
n. 雪崩；山崩

A giant *avalanche* buried a group of young climbers in the Rocky Mountains.
巨大的山崩把一群年輕的登山客埋在落磯山中。

B

bail〔 bel 〕
n. 保釋

A *bail* request was rejected by the district court.
地方法院拒絕了保釋的請求。
【也可以作「保釋金」或是「保釋人」解】

blaze〔 blez 〕
n. 火災；火焰

All the 45 city fire engines fought the *blaze* for six hours before it was controlled.
本市全部四十五輛消防車與火災奮戰了六小時才將火勢控制住。

billionaire
〔 ,bɪljə'nɛr 〕
n. 億萬富翁

The *billionaire* wishes to experience a space tour.
這位億萬富翁想要體驗一場太空之旅。

breach 〔 britʃ 〕
n. (對法律、合約等的)
破壞;違反

Taiwan female singer Jolin Tsai was accused of a ***breach*** of contract with her agency a few years ago.
台灣女歌手蔡依林曾在幾年前被經紀公司控告違約。

bribe 〔 braɪb 〕
n. 賄賂

The official is notorious for taking ***bribes*** in the election.
這名官員因爲在這次的選舉中收賄而惡名昭彰。

burgle 〔'bɝgl̩〕
v. 行竊

A man ***burgled*** a house on the outskirts of London.
有人闖入倫敦市郊的一棟房屋內行竊。

bypass 〔'baɪ‚pæs 〕
v. 繞道

The highway ***bypasses*** the metropolitan area. 這條公路繞行市區。
【 metropolitan 〔‚mɛtrə'pɑlətn̩ 〕 *adj.* 大都市的 】

C

capsize 〔 kæp'saɪz 〕
v. 翻覆

The vessel ***capsized*** suddenly and quickly sank. 這艘船忽然翻覆,而且很快就沉沒了。

capture 〔'kæptʃɚ 〕
n. 逮捕

The ***capture*** of Billie Bryant was made by robbery squad detectives at 6 p.m.
肅竊組的探員於傍晚六點逮捕比利・布萊安。

cargo 〔'kɑrgo 〕
n. 貨物

About 15 percent of the income of airlines comes from carrying ***cargo***.
航空公司約有百分之十五的收入是來自運貨。

casualty〔ˈkæʒʊəltɪ〕
n. 死傷人數

There were no ***casualties*** in the accident.
這次的意外無人傷亡。

certify〔ˈsɝtə͵faɪ〕
v. 證明；證實

Her research was ***certified*** correct.
她的研究被證明是正確的。

charge〔tʃɑrdʒ〕
v. 控訴

Police ***charged*** him with the murder of Margaret.
警方控告他謀殺瑪格麗特。

circumstance
〔ˈsɝkəm͵stæns〕
n. 情況；環境

In normal ***circumstances*** he would resign for the unforgivable mistake.
在正常情況下，他會爲了這個不可原諒的錯誤辭職。

closed-door
〔ˈklozd͵dor〕
adj. 非公開的

China's Communist Party chief Hu Jintao is seeking to cement his grip on power at a ***closed-door*** party meeting.
中國共產黨主席胡錦濤，在一個非公開的黨內會議中尋求鞏固他的勢力。

clue〔klu〕
n. 線索

Perhaps she had stumbled across a ***clue*** to the killer. 或許她曾偶然發現尋兇的線索。
【 ***stumble across*** 偶然發現 】

collapse〔kəˈlæps〕
v. 倒塌；崩潰

The dam ***collapsed*** under the continual rains of the past three days.
過去三天連續下雨，使得水壩崩塌。

collide〔kəˈlaɪd〕
v. 互撞

Two freighters ***collided*** in heavy fog.
兩艘貨船在濃霧中相撞。

commotion
〔 kə'moʃən 〕
n. 騷動

The news caused a *commotion*.
這則消息引起了一陣騷動。

commute 〔 kə'mjut 〕
v. 通勤

A large number of people *commute* between Taipei and Keelung.
很多人在台北和基隆之間通勤。

condemn 〔 kən'dɛm 〕
v. 判決

The judge *condemned* him to death.
法官判他死刑。

confess 〔 kən'fɛs 〕
v. 承認；招供

The husband *confessed* to the crime.
這位丈夫承認罪狀。

congest 〔 kən'dʒɛst 〕
v. 擁塞

The traffic between six and seven o'clock is always *congested*.
六點到七點的交通總是十分擁擠。

convey 〔 kən've 〕
v. 輸送；載運

A bus *conveys* passengers from the train station to the boat.
一輛巴士把乘客從火車站載去搭船。

convict 〔 kən'vɪkt 〕
v. 宣告有罪

The jury *convicted* him of forgery.
陪審團判他偽造文書罪。
【forgery〔'fɔrdʒərɪ〕*n.* 偽造文書罪】

corruption
〔 kə'rʌpʃən 〕
n. 貪污；腐化

Two legislators was dismissed for *corruption*.
兩位立法委員因為貪污而被革職。
【dismiss〔dɪs'mɪs〕*v.* 免職】

cop〔kɑp〕
n. 警察

He got stopped by a *cop* for running down the street in his underwear.
他因為穿著內衣在街上跑而被警察攔住。

counterfeit
〔ˈkaʊntɚfɪt〕
v. 偽造；模仿

He *counterfeited* hundred dollar bills.
他偽造百元紙鈔。
【bill〔bɪl〕*n.* 紙幣；鈔票】

crack down
嚴懲

The government should *crack down* harder on corruption and try to improve the economy.
政府應該加強嚴懲貪污並努力改善經濟。

crash〔kræʃ〕
v. 墜毀

The plane *crashed* and exploded.
飛機墜毀並且爆炸。

critical condition
（尤指人的）危急狀態

All six victims are in *critical condition* after the serious gas explosion.
發生這場嚴重的氣爆之後，六名受害者的情況都很危急。

custody〔ˈkʌstədɪ〕
n. 拘留；保管

The car is held in the *custody* of the police.
車子由警方扣押保管。

D

damage
〔ˈdæmɪdʒ〕*n.* 損害

The typhoon did considerable *damage* to the crops. 颱風對農作物造成相當大的損害。

death toll
死亡人數

The *death toll* in the epidemic has so far reached 372. 死於傳染病的人數到目前為止，已經達到三百七十二人。

destroy 〔 dɪ'strɔɪ 〕
v. 毀壞

Fire ***destroyed*** a suburban theater.
大火燒毀了一間郊區的戲院。

detain 〔 dɪ'ten 〕
v. 拘留

The police ***detained*** the suspect to inquire about the murder case.
警方拘留嫌犯以偵訊這起謀殺案。

disclose 〔 dɪs'kloz 〕
v. 揭發；公開

This boy band idol finally ***disclosed*** his sexual preference to the public.
這位男孩樂團偶像終於向大眾公開他的性傾向。

disaster 〔 dɪz'æstɚ 〕
n. 災害；天災

The earthquake was strong enough to have caused a ***disaster*** if it had occurred in an inhabited area.
假如這次地震發生在有人居住的地區，它的強度足以引起一場災難。
【inhabited 〔 ɪn'hæbɪtɪd 〕 *adj.* 有人居住的】

donation 〔 do'neʃən 〕
n. 捐贈

My brother made a ***donation*** of 10 thousand dollars to the earthquake victims.
我哥哥捐贈一萬元給地震的災民。

dragnet 〔'dræg,net 〕
n. (警察的) 搜索網；
法網

They escaped a ***dragnet*** laid down for them.
他們逃過了為他們而設下的警網。

driveway
〔'draɪv,we 〕
n. 汽車道；快車道

He swung the car in on a ***driveway***.
他把車轉進快車道。

drug 〔 drʌg 〕
v. 下藥

They ***drugged*** him to take him aboard the plane.
他們對他下藥,以便把他弄上飛機。

E

earthquake
〔ˋɝθˏkwek 〕
n. 地震

A slight ***earthquake*** was felt at about 5 a.m.
我們在早上五點左右感覺到輕微的地震。

elevated 〔ˋɛləˏvetɪd 〕
adj. 架高的

The train runs on an ***elevated*** track.
火車行駛於高架軌道上。

en route 〔 ɑnˋrut 〕
adv. 在途中

Stopovers ***en route*** will not be permitted.
不准在中途下車。

environment
〔 ɪnˋvaɪrənmənt 〕
n. 環境

Global warming is an important issue of ***environment***.
全球暖化是環境議題中很重要的一項。

evacuate
〔 ɪˋvækjuˏet 〕
v. 撤離;避難

The villagers were ***evacuated*** because of possible landslides.
因為可能會發生土石流,所以村民都已經被撤離了。

F

fatal 〔ˋfetḷ 〕
adj. 致命的

Many people died in this ***fatal*** car accident.
很多人在這場致命的車禍意外中喪生。

fine〔faɪn〕
v. 罰鍰

He was ***fined*** for careless driving.
他因開車不小心而被罰鍰。

flee〔fli〕
v. 逃離

As soon as the earthquake began, people began to ***flee*** the buildings.
當地震一發生，人們就開始逃離那棟建築物。

flood〔flʌd〕
v. 氾濫；淹水

Ten days of continuous rain ***flooded*** low areas in the town.
連續十天的雨使城裡的低窪地區淹水。

fume〔fjum〕
n.（有害的）煙；氣

Motorcycle ***fumes*** filled the air in Taipei city.
台北市的空氣充滿了摩托車排放的廢氣。

G · H · I · J

graft〔græft〕
n. 受賄；貪污

China's government, determined to crack down on corruption, began a ***graft*** probe.
中國政府決心要杜絕腐化，因此開始調查貪污。
【probe〔prob〕*n.* 嚴密的調查】

hijack〔ˈhaɪˌdʒæk〕
v. 劫機；掠奪

Armed pirates ***hijacked*** a vessel.
持械的海盜搶劫了一艘船。
【hijack 當名詞時作「劫機事件」解】

identity〔aɪˈdɛntətɪ〕
n. 身份

The ***identity*** of the victim is unknown.
罹難者的身份不明。
【identity card 就是身分證，常縮寫爲 ID card】

illicit〔ɪˈlɪsɪt〕
adj. 非法的

The youths were arrested for suspicion of involvement in *illicit* activities such as robbery and drug dealing.
這些年輕人因爲涉嫌參與搶劫以及毒品交易等非法活動，而被逮捕。
【suspicion〔səˈspɪʃən〕*n.* 嫌疑】

indict〔ɪnˈdaɪt〕
v. 起訴

The suspects were *indicted* by a grand jury on 14 charges.
大陪審團將嫌犯以十四項罪名起訴。

injury〔ˈɪndʒərɪ〕
n. 受傷；傷害

Fortunately, there were no serious *injuries* or damage after the earthquake.
幸運的是，在這次的地震之後，並沒有發生嚴重的傷害及損失。

in fashion
流行的

The legging is *in fashion* in Fall 2006.
綁腿褲在二〇〇六年秋天很流行。
【legging〔ˈlɛgɪŋ〕*n.* 綁腿褲】

inquiry〔ɪnˈkwaɪrɪ〕
n. 質詢；調查

A fourth case of mad cow disease in Canada this January triggered an *inquiry* into this horrible, fatal disease.
今年一月加拿大發生第四起狂牛症病例，這使得政府對這個可怕的致命疾病展開調查。
【*mad cow disease* 狂牛症】

intensive care unit
加護病房（＝ *ICU*）

Amy's grandmother is in the *intensive care unit* of Cathay General Hospital right now.
艾咪的奶奶現在正在國泰醫院的加護病房中。

investigation

〔 ɪnˌvɛstəˈgeʃən 〕

n. 研究調查

One of Taiwan's famous singers is under *investigation* of tax evasion.

台灣有名的女歌手之一正在接受逃漏稅的調查。

jam〔 dʒæm 〕

v. 塞滿；擁擠

Coaches are *jammed* to four times of their normal capacity.

公共汽車上擠了正常載客量四倍的人數。

L · M · N · O

lawsuit〔ˈlɔˌsut〕*n.*
訴訟（尤指民事案件）

Three overweight teens initiated a *lawsuit* against a large fast food company, claiming that their obesity was the fault of the restaurant chain. 三個過胖的青少年對一家大型速食公司提出訴訟，他們宣稱他們的肥胖是連鎖餐廳的錯。

landslide

〔ˈlændˌslaɪd〕

n. 山崩

Two persons were killed in a *landslide*.

有兩個人在山崩中死亡。

malfeasance

〔ˌmælˈfizns〕

n. 不法行為；瀆職

Three legislators were convicted of *malfeasance* in connection with the bribery scandal.

三名立法委員被判瀆職，因為他們和收賄的醜聞有關。

magnitude

〔ˈmægnəˌtjud〕

n. 震度

The earthquake was of *magnitude* 7 on the Richter scale.

這次地震在芮氏地震儀上的震度為七級。

molest〔məˈlɛst〕
v. 騷擾；猥褻

There are constant reports that a gang in New York *molests* women in the subway.
不斷有報導指出，紐約有一群歹徒在地鐵騷擾女性。

narcotic〔nɑrˈkɑtɪk〕
adj. 與毒品有關的

A report states that *narcotic* deals could be carried out over the Internet or a cell phone.
有一篇報導說毒品交易可以透過網路或是手機完成交易。

out of fashion
過時的

These shoes are *out of fashion*.
這些鞋子已經過時了。

outage〔ˈaʊtɪdʒ〕
n.（水、電等的）中斷供應

The earthquake caused a temporary power *outage*.
地震造成暫時的電力中斷。

P

package〔ˈpækɪdʒ〕
n.（需要一併考慮或施行的）一組事物

He purchased a fully prepaid vacation tour *package*, consisting of round-trip air transportation, hotels, meals, sightseeing etc.
他參加一個事先付清的套裝度假行程，包括來回機票、旅館、餐點，和觀光等費用。

pedestrian
〔pəˈdɛstrɪən〕
n. 行人

Pedestrians should have priority over vehicular traffic.
行人應該比車輛優先。

performance
〔 pəˈfɔrməns 〕
n. 演奏；表演

The orchestra gave 200 *performances* to 160,000 spectators.
這個管弦樂團表演過兩百場，總共有十六萬名觀衆聽過他們的演奏。

pirated edition
盜版

A lot of *pirated editions* of technical books are published in Taiwan and Hong Kong.
很多科技書籍的盜版是在台灣和香港發行。

plagiarism
〔ˈpledʒəˌrɪzəm 〕
n. 抄襲

University professors worry about the increase in student *plagiarism*.
大學敎授擔心有愈來愈多學生抄襲。

plead 〔 plid 〕
v. 承認（有罪）

The suspect refused to *plead* guilty.
這名嫌犯拒絕認罪。

plaintiff 〔ˈplentɪf 〕
n. 原告

Mr. Martin will be the *plaintiff*'s lawyer tomorrow in the court.
馬汀先生明天將會在法庭上擔任原告的律師。

plunge 〔 plʌndʒ 〕
v. 衝進；跳入

The bus *plunged* into the river.
這輛公車衝進河裡。

ply 〔 plaɪ 〕
v. 定期往返

Buses *ply* between hotels and airports.
公共汽車往返於旅館及機場之間。

prosecutor
〔ˈprɑsɪˌkjutɚ 〕
n. 檢察官

A Hsinchu district *prosecutor* indicted a 31-year-old man for sexually molesting a minor.
新竹地方檢察官以性侵未成年少女爲由，起訴這名三十一歲的男子。

public hazard
公害

Public hazards of a big city are innumerable.
大都市裡有無數的公害。

publish〔ˈpʌblɪʃ〕
v. 出版；發行

Seventy new books are *published* every day in Taiwan.
台灣每天出版七十本新書。

R

rage〔redʒ〕
n. 大流行

Miniskirts are all the *rage*.
迷你裙掀起流行的熱潮。

recycle〔riˈsaɪkḷ〕
v. 循環利用；回收

It is difficult to *recycle* plastic bottles.
要循環利用塑膠瓶很困難。

rescue operation
救援工作

Rough seas made *rescue operations* almost impossible.
洶湧的海使得救援工作幾乎無法進行。

revoke〔rɪˈvok〕
v. 撤回；撤銷

The police *revoked* my driver's license for drunk driving.
因為酒駕，警察吊銷我的駕照。

rollout
〔ˈrolˌaʊt〕
n. 首次公開；展覽

Because of some technical problem, the company postponed the *rollout* of a product.
因為一些技術上的問題，該公司把產品發表的時間延後。

route 〔 rut 〕
v. 決定路線

The problem of *routing* vehicular traffic into and out of any large city is an almost insurmountable one.
車輛出入大城市的路線規劃，幾乎是個無法克服的問題。

rush hour
尖峰時間

In *rush hours* 100 passengers squeeze aboard each 50 passenger coach.
在尖峰時間，有一百名乘客擠上了只可容納五十人的公共汽車。

S

scam 〔 skæm 〕
n. 騙局；陰謀

Telephone *scams* are rampant these days.
電話詐欺最近很猖獗。

screen 〔 skrin 〕
v. 審查

All new employees of the company are *screened* for past criminal convictions.
這家公司全部的新進職員，都會被審查過去的犯罪記錄。

search 〔 sɝtʃ 〕
n. 搜查

A *search* of the area proved fruitless.
在這地區的搜查毫無結果。

sentence 〔 'sɛntəns 〕
v. 判決

He was *sentenced* yesterday to seven years in jail for rape.
他因為強姦罪被判處七年的徒刑。

simultaneous interpretation
同步口譯

Simultaneous interpretation service will be available in English, Japanese and Chinese.
可得到的同步口譯服務包括英文、日文和中文。

smother〔'smʌðə〕
v. 窒息；使悶死

A babysitter admitted *smothering* a baby in the bedroom.
保母承認在房間裡悶死了嬰兒。

smuggling
〔'smʌglɪŋ〕
n. 走私

Thailand police have been trying to bring the largest *smuggling* rings in Southeast Asia under control.
泰國警方正試著要控制住東南亞最大規模的走私集團。

sunglasses
〔'sʌn,glæsɪz〕
n. pl. 太陽眼鏡

Supersized *sunglasses* are the rage.
超大型的太陽眼鏡正在流行。

survive〔sə'vaɪv〕
v. 倖存；生還

Two flight attendants *survived* the disaster.
在這次的災難中，有兩位空服員生還。

suspect〔'sʌspɛkt〕
n. 嫌疑犯

He is a *suspect* in the bank robbery.
他是這次銀行搶案的嫌疑犯。

swindle〔'swɪndl̩〕
v. 行騙

He was *swindled* out of his money.
他的錢被騙走了。

T · U · V · W

theft〔θɛft〕
n. 竊盜罪

He was sentenced to a five years in prison for *theft*. 他因為竊盜罪被處五年徒刑。

toll〔tol〕
n. 通行費

The construction of the highway is paid for by *tolls* charged to people who use it.
建造這條公路的費用，是由向使用者收取通行費來支付的。

trafficker 〔'træfɪkɚ 〕
n. 作非法買賣者

A Vietnamese male drug *trafficker* was nabbed yesterday for trying to smuggle illicit drugs into Taiwan.
一名非法買賣藥物的越南男子,在昨天因為試圖將禁藥走私到台灣而被逮捕。

traffic jam
交通阻塞

There were massive *traffic jams* in Bangkok.
曼谷的交通阻塞很嚴重。

underpass
〔'ʌndɚ͵pæs 〕
n. 地下道

We should build more overpasses and *underpasses* for pedestrians.
我們必須為行人建造更多天橋及地下道。
【overpass 〔'ovɚ͵pæs 〕 *n.* 天橋】

verdict 〔'vɝdɪkt 〕
n. 判決

The jury's *verdict* will be delivered on Wednesday.
陪審團的判決會在週三公佈。

victim 〔'vɪktɪm 〕
n. 受害者;遇難者

Aunt Shirley is a *victim* of domestic violence.
雪莉阿姨是家暴的受害者。

vogue 〔 vog 〕
n. 流行

Long skirts were the *vogue* two decades ago.
長裙是二十年前的流行。

woe 〔 wo 〕
n. 不幸;困難

Many graduates face student loan *woes*.
很多畢業生面臨要還助學貸款的困難。

3. ICRT社會新聞常用字彙

一般用語

- [ ] **artificial**〔͵ɑrtə'fɪʃəl〕*adj.* 人為的
- [ ] **boast**〔bost〕*v.* 自誇；自豪
- [ ] **concern**〔kən'sɝn〕*v.* 關心
- [ ] **dismiss**〔dɪs'mɪs〕*v.* 革職；開除

- [ ] **dispel**〔dɪ'spɛl〕*v.* 消除（疑雲、謠言等）
- [ ] **estimate**〔'ɛstə͵met〕*v.* 估計
- [ ] **first-hand**〔'fɝst'hænd〕*adj.* 直接的；第一手的
- [ ] **incur**〔ɪn'kɝ〕*v.* 遭受
- [ ] **mete**〔mit〕*v.* 給予（賞罰）

- [ ] **neglect**〔nɪ'glɛkt〕*v.* 忽視
- [ ] **state**〔stet〕*v.* 說；敘述
- [ ] **survey**〔sɚ've〕*n. v.* 調查
- [ ] **to the contrary** 相反的
- [ ] **utter**〔'ʌtɚ〕*v.* 說；表達

交通・交通事故

- [ ] **accident**〔'æksədənt〕*n.* 偶發事件；意外
- [ ] **aircraft**〔'ɛr͵kræft〕*n.* 飛行器；飛機
- [ ] **airline**〔'ɛr͵laɪn〕*n.* 空中航線；航空公司

☐ **airliner** (ˈɛr͵laɪnɚ) *n.* 大型客機
☐ **aviation** (͵evɪˈeʃən) *n.* 飛行；航空
☐ **be packed like sardines** 像沙丁魚般的擁擠
☐ **boulevard** (ˈbulə͵vɑrd) *n.* 林蔭大道

☐ **cab** (kæb) *n.* 計程車
☐ **China Airlines (CAL)** 中華航空公司
☐ **coach** (kotʃ) *n.* 轎車；公共汽車
☐ **collide** (kəˈlaɪd) *v.* 相撞；互撞
☐ **confusion** (kənˈfjuʒən) *n.* 混亂

☐ **congest** (kənˈdʒɛst) *v.* 擁擠；阻塞
☐ **container** (kənˈtenɚ) *n.* 貨櫃；容器
☐ **control tower** 機場的控制塔
☐ **crash** (kræʃ) *n.* 墜毀；強烈撞擊
☐ **crew** (kru) *n.* 船上或飛機上的全體工作人員

☐ **cruise** (kruz) *v. n.* 巡航；巡邏
☐ **detour** (dɪˈtur) *v. n.* 繞道而行
☐ **discipline** (ˈdɪsəplɪn) *n.* 教訓；風紀
☐ **drunk driving** 酒醉駕車
☐ **elevated road** 高架道路

☐ **exit** (ˈɛksɪt) *n.* 出口；太平門
☐ **fine** (faɪn) *n.* 罰款
☐ **flight** (flaɪt) *n.* 飛行
☐ **freight** (fret) *n.* 貨品；運費
☐ **government-run** 國營的

☐ **helicopter**〔ˈhɛlɪ͵kaptɚ〕*n.* 直昇機

☐ **hit-and-run** 闖禍逃走的

☐ **hitchhike**〔ˈhɪtʃ͵haɪk〕*v. n.* 搭便車旅行

☐ **hover**〔ˈhʌvɚ〕*v. n.* 盤旋；徘徊

☐ **interchange**〔ˈɪntɚ͵tʃendʒ〕*n.* 交流道

☐ **intersection**〔͵ɪntɚˈsɛkʃən〕*n.* 十字路口

☐ **jam**〔dʒæm〕*v. n.* 阻塞

☐ **jetliner**〔ˈdʒɛt͵laɪnɚ〕*n.* 噴射客機

☐ **knock down** 撞倒

☐ **license**〔ˈlaɪsn̩s〕*n.* 許可證；執照

☐ **measure**〔ˈmɛʒɚ〕*n.* 方法；測量

☐ **mobilize**〔ˈmobl̩͵aɪz〕*v.* 動員；使流通

☐ **overload**〔͵ovɚˈlod〕*v.* 超載

☐ **party ticket** 團體票

☐ **pavement**〔ˈpevmənt〕*n.* 人行道

☐ **plunge**〔plʌndʒ〕*v.*（船首朝下地）顛簸；跳入

☐ **public transportation** 大眾交通工具

☐ **ramp**〔ræmp〕*n.* 斜坡

☐ **reckless driving** 魯莽駕駛

☐ **rent-a-car** 出租汽車

☐ **run over** 輾過

☐ **rush hour** 尖峰時刻

☐ **speeding**〔ˈspidɪŋ〕*n.* 超速

☐ **strap**〔stræp〕*n.*（公共汽車的）吊環

☐ **terminal**〔ˈtɝmənl̩〕*n.* 終點

☐ **tire**〔taɪr〕*n.* 輪胎

☐ **toll station** 收費站
☐ **vehicle** 〔ˈviɪkl̩〕*n.* 車輛

風俗、流行

☐ **banner** 〔ˈbænɚ〕*n.* 橫貫全頁的大標題
☐ **boy (girl) scout** 童子軍
☐ **campaign** 〔kæmˈpen〕*n.* 運動；競選運動
☐ **cool head** 冷靜

☐ **fad** 〔fæd〕*n.* 一時的流行；風尚
☐ **fanfare** 〔ˈfænˌfɛr〕*n.* 虛榮；誇示
☐ **gay** 〔ge〕*n.* 同性戀
☐ **hippie** 〔ˈhipɪ〕*n.* 嬉皮

▶A Typical **Hippie** Style
典型的嬉皮風格打扮
【嬉皮指的是 1960 年代出現的
反傳統的年輕人。】

☐ **homophobic** 〔ˌhoməˈfobɪk〕*adj.* 討厭同性戀的人
☐ **horoscope** 〔ˈhɔrəˌskop〕*n.* 占星
☐ **junior miss** 少女
☐ **last word** 最新流行品
☐ **latest** 〔ˈletɪst〕*adj.* 最新的；最近的
☐ **lesbian** 〔ˈlɛzbɪən〕*n.* 女同性戀者

☐ **lifestyle** 〔ˈlaɪfˌstaɪl 〕*n.* 生活方式
☐ **moonlighter** 〔ˈmʌnˌlaɪtɚ 〕*n.* 兼差的人
☐ **mock** 〔 mɑk 〕*v.* 嘲笑；嘲弄
☐ **orientation** 〔ˌorɪɛnˈteʃən 〕*n.* 決定方針；適應
☐ **punk** 〔 pʌŋk 〕*n.* 龐克族

☐ **queer** 〔 kwɪr 〕*n.* 男同性戀者　*adj.* 男同性戀的
☐ **rage** 〔 redʒ 〕*n.* 狂熱；極為流行之物
☐ **recruit** 〔 rɪˈkrut 〕*n.* 新會員；新兵
☐ **Rotary Club** 扶輪社
☐ **sexist** 〔ˈsɛksɪst 〕*n.* 性別主義者；(對女性) 性別歧視者

☐ **sprawl** 〔 sprɔl 〕*n.* 不規則的擴散；蔓延
☐ **straight** 〔 stret 〕*n.* 異性戀
☐ **tirade** 〔ˈtaɪˌred 〕*n.* 激烈的發言
☐ **unisex** 〔ˈjunəˌsɛks 〕*adj.* (衣服等) 男女通用的
☐ **women's lib** 婦女解放運動 (= *women's liberation*)

┌─────┐
│ 娛樂 │
└─────┘

☐ **acclaim** 〔 əˈklem 〕*v. n.* 喝采
☐ **amusing** 〔 əˈmjuzɪŋ 〕*adj.* 有趣的
☐ **applause** 〔 əˈplɔz 〕*n.* 拍手喝采
☐ **autograph** 〔ˈɔtəˌgræf 〕*n.* 親筆簽名
☐ **behind-the-scenes** 幕後的

☐ **bug** 〔 bʌg 〕*n.* 狂熱；～迷
☐ **caption** 〔ˈkæpʃən 〕*n.* 字幕
☐ **celebrity** 〔 səˈlɛbrətɪ 〕*n.* 名人
☐ **clap** 〔 klæp 〕*n.* 掌聲

- [ ] **close-up** 特寫鏡頭
- [ ] **coffee break** 工作中途喝咖啡休息的時間
- [ ] **comedy**〔'kɑmədɪ〕*n.* 喜劇
- [ ] **come off** 舉行
- [ ] **concert**〔'kɑnsɝt〕*n.* 演唱會;音樂會

- [ ] **corrida**〔kə'ridə〕*n.* 鬥牛 (= *bullfight*)【在西班牙文中,「鬥牛」的全名爲 corrida de toros,即 *corrida* (in running) + *de toros* (of bulls)】
- [ ] **credibility**〔ˌkrɛdə'bɪlətɪ〕*n.* 可信度
- [ ] **curtain call** 要求演員出場謝幕的呼聲
- [ ] **curtain fall** 謝幕
- [ ] **cut-in**〔'kʌt'ɪn〕*n.* (電影的) 插入畫面【指在連貫的鏡頭畫面中,突然插入一段時空都銜接不上的鏡頭】

▶ **Corrida** means "bullfighting" in Spanish.
Corrida 在西班牙文中是「鬥牛」的意思。

- [ ] **diva**〔'divə〕*n.* 歌劇中的首席女角
- [ ] **drama serial** 連續劇
- [ ] **drive-in**〔'draɪvˌɪn〕*n.* 免下車餐館 (無須下車即可得到服務)
- [ ] **entourage**〔ˌɑntu'rɑdʒ〕*n.* 隨行人員
- [ ] **first run** (電影的) 首輪放映

☐ **focus**〔'fokəs〕*n.* 焦點

☐ **gab**〔gæb〕*v.* 瞎扯

☐ **go-go**〔'go‚go〕*adj.* 阿哥哥舞的；精神充沛的

☐ **hip hop** 嘻哈文化

☐ **hiss**〔hɪs〕*n.* 噓聲

☐ **hobby**〔'hɑbɪ〕*n.* 嗜好

☐ **hype**〔haɪp〕*n.* 誇張的宣傳

☐ **leisure**〔'liʒɚ〕*n.* 閒暇

☐ **mania**〔'menɪə〕*n.* 狂熱

☐ **matador**〔'mætə‚dor〕*n.* 鬥牛士；王牌

☐ **newsreel**〔'njuz‚ril〕*n.* 新聞影片

☐ **paparazzi**〔‚pɑpə'rɑtsɪ〕*n. pl.* 狗仔隊

☐ **pickup**〔'pɪk‚ʌp〕*n.* 中途搭便車者；搭訕者

☐ **poster**〔'postɚ〕*n.* 海報

☐ **premiere**〔prɪ'mɪr〕*v. n.* 首映

☐ **prop**〔prɑp〕*n.* 小道具

☐ **propaganda**〔‚prɑpə'gændə〕*n.* 宣傳

☐ **psychedelic**〔‚saɪkɪ'dɛlɪk〕*adj.* 引起幻覺的

☐ **publicist**〔'pʌblɪsɪst〕*n.* 公關人員；宣傳人員

☐ **quickie**〔'kwɪkɪ〕*n.* 粗製濫造的電影、小說

☐ **rapper**〔'ræpɚ〕*n.* 饒舌歌手

☐ **razz**〔ræz〕*n.* 冷笑；惡罵

☐ **rehearse**〔rɪ'hɝs〕*v.* 預演；彩排

☐ **release**〔rɪ'lis〕*v. n.* 發行；發表

☐ **reservation**〔‚rɛzɚ'veʃən〕*n.* 預定；預約

☐ **scandal**〔'skændl̩〕*n.* 醜聞

☐ **scalper** (ˈskælpɚ) *n.* 黃牛
☐ **scenario** (sɪˈnɛrɪ͵o) *n.* 電影腳本;情節
☐ **scene** (sin) *n.* 場景
☐ **series** (ˈsiriz) *n.* 影集
☐ **sitcom** (ˈsɪt͵kɑm) *n.* 情境喜劇 (= *situation comedy*)

☐ **slot machine** 吃角子老虎
☐ **split** (splɪt) *v.* 分裂;離婚
☐ **star-studded** (ˈstɑrˈstʌdɪd) *adj.* 衆星雲集的
☐ **streaking** (ˈstrikɪŋ) *n.* 裸奔
☐ **stunt man** 替身演員;特技演員

☐ **tabloid** (ˈtæblɔɪd) *n.* 小報
☐ **utility man** 跑龍套演員 (飾演多種小配角的演員)
☐ **variety show** 綜藝節目
☐ **wicket** (ˈwɪkɪt) *n.* 售票口
☐ **workload** (ˈwɜk͵lod) *n.* 工作量

┌─────┐
│ 犯罪 │
└─────┘

☐ **abduction** (æbˈdʌkʃən) *n.* 誘拐;綁架
☐ **abuse** (əˈbjuz) *n. v.* 虐待
☐ **addiction** (əˈdɪkʃən) *n.* 沉溺;上癮
☐ **adultery** (əˈdʌltərɪ) *n.* 通姦

☐ **arrest** (əˈrɛst) *v.* 逮捕
☐ **assassin** (əˈsæsɪn) *n.* 刺客
☐ **assault** (əˈsɔlt) *n.* 突襲;強暴
☐ **aversion** (əˈvɜʒən) *n.* 反感;嫌惡

☐ **bandit**（'bændɪt）*n.* 強盜；土匪
☐ **battery**（'bætərɪ）*n.* 毆打
☐ **bigamy**（'bɪgəmɪ）*n.* 重婚罪
☐ **blackmail**（'blæk,mel）*n.* 勒索；敲詐
☐ **bluff**（blʌf）*v.* 嚇唬

☐ **break into** 闖入
☐ **bribe**（braɪb）*v. n.* 賄賂
☐ **bug**（bʌg）*n.* 竊聽器
☐ **bullet**（'bulɪt）*n.* 子彈
☐ **burgle**（'bɝgḷ）*v.* 偷竊

☐ **captive**（'kæptɪv）*n.* 俘虜
☐ **club**（klʌb）*v.* 用棍棒打擊；聯合起來
☐ **cocaine**（ko'ken）*n.* 古柯鹼
☐ **confiscate**（'kɑnfɪs,ket）*n.* 沒收
☐ **corruption**（kə'rʌpʃən）*n.* 墮落；腐敗

☐ **defamation**（,dɛfə'meʃən）*n.* 誹謗
☐ **detrimental**（,dɛtrə'mɛntḷ）*adj.* 有害的
☐ **double cross** 出賣
☐ **duel**（'djuəl）*v. n.* 決鬥；抗爭
☐ **embezzle**（ɪm'bɛzḷ）*v.* 盜用（公款等）

☐ **enforce law** 執法
☐ **execution**（,ɛksɪ'kjuʃən）*n.* 處死刑
☐ **felony**（'fɛlənɪ）*n.* 重罪
☐ **fingerprint**（'fɪŋgɚ,prɪnt）*n.* 指紋
☐ **forgery**（'fɔrdʒərɪ）*n.* 偽造文書罪
☐ **fraud**（frɔd）*n.* 詐欺

- [ ] **gang** 〔gæŋ〕 *n.* 一夥；幫派
- [ ] **gangster** 〔'gæŋstɚ〕 *n.* 歹徒
- [ ] **graft** 〔græft〕 *v. n.* 收賄
- [ ] **groggy** 〔'grɑgɪ〕 *adj.* 酒醉的；虛弱無力的
- [ ] **handcuff** 〔'hænd,kʌf〕 *v.* 給…戴上手銬

- [ ] **heroin** 〔'hɛro·ɪn〕 *n.* 海洛英
- [ ] **hijack** 〔'haɪ,dʒæk〕 *v.* 劫持；劫機
- [ ] **holdup** 〔'hold,ʌp〕 *n.* 持槍搶劫
- [ ] **homicide** 〔'hɑmə,saɪd〕 *n.* 殺人犯；殺人罪
- [ ] **illegal** 〔ɪ'ligḷ〕 *adj.* 非法的

- [ ] **illegal act** 不法行為
- [ ] **instigate** 〔'ɪnstə,get〕 *v.* 教唆
- [ ] **intimidation** 〔ɪn,tɪmə'deʃən〕 *n.* 恐嚇
- [ ] **juvenile delinquency** 少年犯罪
- [ ] **kidnap** 〔'kɪdnæp〕 *v.* 綁架

- [ ] **larceny** 〔'lɑrsṇɪ〕 *n.* 竊盜罪
- [ ] **marijuana** 〔,mɑrɪ'hwɑnə〕 *n.* 大麻
- [ ] **massacre** 〔'mæsəkɚ〕 *n.* 大屠殺
- [ ] **mayhem** 〔'mehɛm〕 *n.* 重傷害罪
- [ ] **minor** 〔'maɪnɚ〕 *n.* 未成年人

- [ ] **murder** 〔'mɝdɚ〕 *n.* 謀殺
- [ ] **mutilation** 〔,mjutḷ'eʃən〕 *n.* 殘害
- [ ] **nab** 〔næb〕 *v.* 逮捕
- [ ] **offense** 〔ə'fɛns〕 *n.* 犯罪
- [ ] **opium** 〔'opɪəm〕 *n.* 鴉片
- [ ] **outlaw** 〔'aʊt,lɔ〕 *n.* 罪犯；歹徒

☐ **parricide**〔'pærə,saɪd〕*n.* 弒親（罪）

☐ **participant**〔pəˈtɪsəpənt〕*adj.* 參與的

☐ **patricide**〔'pætrɪ,saɪd〕*n.* 弒父罪

☐ **peep**〔pip〕*v. n.* 偷窺

☐ **perjury**〔'pɝdʒərɪ〕*n.* 偽證

☐ **pickpocket**〔'pɪk,pakɪt〕*n.* 扒手

☐ **pirate**〔'paɪrət〕*n.* 盜印者；侵犯版權者 *v.* 盜版

☐ **plot**〔plɑt〕*v.* 密謀

☐ **poison**〔'pɔɪzn̩〕*n.* 毒藥

☐ **pornography**〔pɔrˈnagrəfɪ〕*n.* 色情文學

☐ **premeditate**〔prɪˈmɛdə,tet〕*v.* 預先策劃

☐ **promiscuity**〔,pramɪsˈkjuətɪ〕*n.* 雜交

☐ **prostitute**〔'prastə,tjut〕*n.* 妓女；娼妓

☐ **racketeer**〔,rækɪtˈɪr〕*n.* 勒索詐騙者

☐ **ransom**〔'rænsəm〕*n.* 贖金

☐ **rape**〔rep〕*v. n.* 強姦

☐ **rapist**〔'repɪst〕*n.* 強姦者

☐ **red-handed**〔'rɛdˈhændɪd〕*adj.* 現行犯的

☐ **revenge**〔rɪˈvɛndʒ〕*v. n.* 復仇

☐ **robbery**〔'rabərɪ〕*n.* 強盜

☐ **roughhouse**〔'rʌfˈhaʊs〕*n.* 毆鬥

☐ **sanguinary**〔'sæŋgwɪn,ɛrɪ〕*adj.* 殘暴的；血腥的

☐ **shoplifter** 在商店順手牽羊的人

☐ **smuggle**〔'smʌgl̩〕*v.* 走私

☐ **stowaway**〔'stoə,we〕*n.* 偷渡者；匿身處

☐ **strangle**〔'stræŋgl̩〕*v.* 使窒息

☐ **suicide** (ˈsuəˌsaɪd) *n.* 自殺

☐ **superintendent** (ˌsuprɪnˈtɛndənt) *n.* 警長

☐ **suspect** (səˈspɛkt) *n.* 嫌疑犯

☐ **swindle** (ˈswɪndḷ) *v.* 詐騙

☐ **testify** (ˈtɛstəˌfaɪ) *v.* 作證

☐ **theft** (θɛft) *n.* 盜竊罪

☐ **thug** (θʌg) *n.* 刺客；兇手

☐ **traffic** (ˈtræfɪk) *v.* 做非法交易

☐ **trap** (træp) *n.* 陷阱

☐ **treason** (ˈtrizn̩) *n.* 叛國；不忠

☐ **trip** (trɪp) *v. n.* 失誤；過失

☐ **undercover** (ˌʌndɚˈkʌvɚ) *adj.* 秘密進行的；臥底的

☐ **waylay** (ˌweˈle) *v.* 埋伏；伏擊

公害

☐ **air pollution** 空氣污染

☐ **artificial sweetener** 人工甘味料

☐ **carbon dioxide** 二氧化碳

☐ **car exhaust** 汽車廢氣

☐ **climate** (ˈklaɪmɪt) *n.* 氣候

☐ **colorant** (ˈkʌlərənt) *n.* 著色劑；染料

☐ **conserve** (kənˈsɝv) *v.* 節省（水、電等能源）

☐ **contaminate** (kənˈtæməˌnet) *v.* 污染

☐ **ecologist** (ɪˈkɑlədʒɪst) *n.* 生態學者

☐ **environmental** (ɪnˌvaɪrənˈmɛntḷ) *adj.* 環境的

☐ **exhibition** (ˌɛksəˈbɪʃən) *n.* 展示會

- [ ] **global warming** 全球暖化
- [ ] **greenhouse effect** 溫室效應
- [ ] **greenhouse gas** 能引起溫室效應的氣體
- [ ] **hygiene** (ˈhaɪdʒɪˌin) *n.* 衛生學
- [ ] **industrial discharge** 工業排放物

- [ ] **internal** (ɪnˈtɜnḷ) *adj.* 內部的
- [ ] **jeopardize** (ˈdʒɛpədˌaɪz) *v.* 使⋯瀕於危險;危急
- [ ] **litter** (ˈlɪtə) *n.* 垃圾
- [ ] **noise** (nɔɪz) *n.* 噪音
- [ ] **oxidant** (ˈɑksədənt) *n.* 氧化劑

- [ ] **oxygen** (ˈɑksədʒən) *n.* 氧氣
- [ ] **poisoning** (ˈpɔɪznɪŋ) *n.* 中毒
- [ ] **pollutant** (pəˈlutṇt) *n.* 污染物
- [ ] **precautionary** (prɪˈkɔʃənˌɛrɪ) *adj.* 預防的
- [ ] **preservative** (prɪˈzɜvətɪv) *adj.* 防腐的;保護的

- [ ] **preserve** (prɪˈzɜv) *v.* 保護;維護
- [ ] **public hazard** 公共危險
- [ ] **public nuisance** 妨害公共利益的人或物
- [ ] **radioactivity** (ˈredɪˌoækˈtɪvətɪ) *n.* 放射線
- [ ] **sanitary** (ˈsænəˌtɛrɪ) *adj.* 公共衛生的
- [ ] **synthetic detergent** 合成清潔劑

教育

- [ ] **academic freedom** 學術自由
- [ ] **academic gown** 學士袍

☐ **administrator** 〔 əd'mɪnə,stretə 〕 *n.* 管理者；主管
☐ **alma mater** 〔'ælmə'metə 〕 *n.* 母校
☐ **alumni** 〔 ə'lʌmnaɪ 〕 *n. pl.* 男校友【單數為 alumnus】
☐ **alumni association** 校友會

☐ **apolitical** 〔,epə'lɪtəkl̩ 〕 *adj.* 無關政治的
☐ **auditor** 〔'ɔdɪtə 〕 *n.* 旁聽生
☐ **auditorium** 〔,ɔdə'torɪəm 〕 *n.* 禮堂
☐ **be expelled from~** 被～開除

☐ **board** 〔 bord 〕 *n.* 董事會；(政府) 部會
☐ **campus autonomy** 校園自主
☐ **candidate** 〔'kændə,det 〕 *n.* 候選人；攻讀學位者
☐ **category** 〔'kætə,gorɪ 〕 *n.* 部門；範疇
☐ **coed** 〔'ko'ɛd 〕 *adj.* 男女同校的

☐ **coeducation** 〔,koɛdʒə'keʃən 〕 *n.* 男女同校制
☐ **compulsory education** 義務教育
☐ **cram** 〔 kræm 〕 *v. n.* 死記；填鴨式教育
☐ **crib** 〔 krɪb 〕 *v.* 抄襲
☐ **dean** 〔 din 〕 *n.* 大學的學院院長；系主任

☐ **demerit** 〔 di'mɛrɪt 〕 *n.* 記過；缺點
☐ **dictation** 〔 dɪk'teʃən 〕 *n.* 聽寫
☐ **distance learning** 遠距教學
☐ **dorm** 〔 dɔrm 〕 *n.* 宿舍 (= *dormitory*)
☐ **dropout** 〔'drɑp,aʊt 〕 *n.* 中途退學者

☐ **educational institution** 教育機構

☐ **enroll** 〔 ɪn'rol 〕 *v.* 加入

☐ **establishment** 〔 ə'stæblɪʃmənt 〕 *n.* 建立;組織

☐ **facility** 〔 fə'sɪlətɪ 〕 *n.* 才能;設備【當「設備」解時
多用複數形 *facilities*】

☐ **faculty** 〔'fækḷtɪ 〕 *n.* 全體教授;全體教職員

☐ **flunk out** 因考試不及格而退學

☐ **fraternity** 〔 frə'tɜnətɪ 〕 *n.* 大學的兄弟會組織

☐ **generation gap** 代溝

☐ **grad** 〔 græd 〕 *n.* (大學的)畢業生 (= *graduate*)

☐ **graduate school** 研究所

☐ **gymnasium** 〔 dʒɪm'nezɪəm 〕 *n.* 體育館

☐ **hypocrite** 〔'hɪpə,krɪt 〕 *n.* 偽善者;偽君子

☐ **ivory tower** 象牙塔【意指脫離現實生活的世界】

☐ **laboratory** 〔'læbrə,torɪ 〕 *n.* 實驗研究室

☐ **lectern** 〔'lɛktən 〕 *n.* 講桌;講台

☐ **lecture** 〔'lɛktʃə 〕 *n.* 授課;演講

☐ **lucubrate** 〔'lukju,bret 〕 *v.* 專注研究;挑燈苦讀

☐ **malinger** 〔 mə'lɪŋgə 〕 *v.* 裝病以逃避上課或工作

☐ **megaversity** 〔,mɛgə'vɜsətɪ 〕 *n.* 超大型的大學

☐ **monitor** 〔'manətə 〕 *n.* 監考人

☐ **multiversity** 〔,mʌltɪ'vɜsətɪ 〕 *n.* 綜合大學

☐ **nerd** 〔 nɜd 〕 *n.* 愚蠢的人;笨蛋

☐ **pedant** 〔'pɛdn̩t 〕 *n.* 學究;賣弄學問的人

- **Ph.D.** 博士學位（= *Doctor of Philosophy*）
- **population**〔ˌpɑpjəˈleʃən〕*n.* 人口
- **prestige school** 名校
- **principal**〔ˈprɪnsəpḷ〕*n.* 校長
- **professor**〔prəˈfɛsɚ〕*n.* 教授

- **PTA** 家長教師聯誼會（= *Parent-Teacher Association*）
- **quiz**〔kwɪz〕*n.* 隨堂考；小考
- **research**〔rɪˈsɝtʃ〕*n.* 學術研究；調查
- **roll call** 點名
- **same-sex school** 單一性別學校制

- **scholarship**〔ˈskɑlɚˌʃɪp〕*n.* 獎學金
- **scientist**〔ˈsaɪəntɪst〕*n.* 科學家
- **seminar**〔ˈsɛməˌnɑr〕*n.* 專題研討會
- **sorority**〔səˈrɔrətɪ〕*n.* 大學的姊妹會組織
- **springboard** （游泳的）跳板；出發點

▶There will be a **seminar** on global environmental issues tonight. 今晚將有一場關於全球環境議題的研討會。

☐ **symposium**〔sɪm'pozɪəm〕 *n.* 學術座談會；討論會
☐ **tenured professor** 終身職教授
☐ **the Joint College Entrance Examination** 大學聯考
☐ **transcript**〔'træn͵skrɪpt〕 *n.* 成績單

☐ **transfer**〔træns'fɝ〕 *v. n.* 轉移；轉學
☐ **transmission**〔træns'mɪʃən〕 *n.* 傳送；傳達
☐ **tuition**〔tju'ɪʃən〕 *n.* 講授；學費
☐ **undergraduate**〔͵ʌndɚ'grædʒʊɪt〕 *n.* 大學生
☐ **varsity**〔'vɑrsətɪ〕 *n.* 大學代表隊

災害

☐ **airlift**〔'ɛr͵lɪft〕 *n.* 空運補給
☐ **ambulance**〔'æmbjələns〕 *n.* 救護車
☐ **avalanche**〔'ævə͵læntʃ〕 *n.* 雪崩
☐ **calamity**〔kə'læmətɪ〕 *n.* 災難；不幸事件

☐ **casualty**〔'kæʒʊəltɪ〕 *n.* 死傷人數
☐ **catastrophe**〔kə'tæstrəfɪ〕 *n.* 大災害
☐ **conflagration**〔͵kɑnflə'greʃən〕 *n.* 大火
☐ **damage**〔'dæmɪdʒ〕 *n.* 損害
☐ **destruction**〔dɪ'strʌkʃən〕 *n.* 毀壞

☐ **disaster**〔dɪz'æstɚ〕 *n.* 災難；天災
☐ **diver**〔'daɪvɚ〕 *n.* 潛水夫
☐ **earthquake**〔'ɝθ͵kwek〕 *n.* 地震
☐ **ER** 急診室（= *emergency room*）
☐ **eruption**〔ɪ'rʌpʃən〕 *n.* 爆發；噴出

☐ **explosion** (ɪk'sploʒən) *n.* 爆發

☐ **famine** ('fæmɪn) *n.* 飢餓；飢荒

☐ **fatal** ('fetḷ) *adj.* 致命的

☐ **fatality** (fə'tælətɪ) *n.* 不幸

☐ **fire** (faɪr) *n.* 火災

☐ **firefighter** ('faɪr,faɪtɚ) *n.* 消防員

☐ **flood** (flʌd) *n.* 洪水

☐ **hit** (hɪt) *v.* 命中；毆打

☐ **holocaust** ('halə,kɔst) *n.* 大屠殺；大破壞

☐ **intact** (ɪn'tækt) *adj.* 原封不動的

☐ **jostle** ('dʒasḷ) *v.* 推擠

☐ **lash** (læʃ) *v.* 痛打

☐ **magnitude** ('mægnə,tjud) *n.* (地震的) 震數

☐ **mishap** ('mɪs,hæp) *n.* 災難

☐ **missing** ('mɪsɪŋ) *adj.* 失蹤的

☐ **property damage** (災難等造成的) 財產損毀

☐ **rescue** ('rɛskju) *v.* 解救

☐ **salvage** ('sælvɪdʒ) *v.* 打撈；搶救

☐ **search** (sɝtʃ) *v. n.* 搜尋

☐ **sprain** (spren) *n.* 扭傷

☐ **strike** (straɪk) *v. n.* 毆打

☐ **submerge** (səb'mɝdʒ) *v.* 使沉到水裡

☐ **survive** (sɚ'vaɪv) *v.* 生還

☐ **survivor** (sɚ'vaɪvɚ) *n.* 生還者

☐ **tidal wave** 海嘯；漲潮

- ☐ **victim**〔ˈvɪktɪm〕*n.* 遇難者;受害者
- ☐ **vigilance**〔ˈvɪdʒələns〕*n.* 警覺性
- ☐ **washout**〔ˈwɑʃˌaʊt〕*n.* 沖刷
- ☐ **wreck**〔rɛk〕*n.* 殘骸

藝術文化、出版

- ☐ **aesthetics**〔ɛsˈθɛtɪks〕*n.* 美學
- ☐ **anecdote**〔ˈænɪkˌdot〕*n.* 軼事
- ☐ **artist**〔ˈɑrtɪst〕*n.* 藝術家
- ☐ **author**〔ˈɔθɚ〕*n.* 作家

- ☐ **beat**〔bit〕*n.* 拍子;節奏
- ☐ **bimonthly**〔baɪˈmʌnθlɪ〕*adv.* 兩個月一回地;一個月兩回地
- ☐ **book exhibition** 書展
- ☐ **bookmobile**〔ˈbʊkməˌbil〕*n.* 流動圖書館

- ☐ **book review** 書評
- ☐ **bookworm**〔ˈbʊkwɝm〕*n.* 書呆子
- ☐ **camera-eye**〔ˈkæmərəˌaɪ〕*n.*(如照相機一般客觀正確的)觀察力或報導
- ☐ **caricature**〔ˈkærɪkətʃɚ〕*n.* 諷刺畫
- ☐ **circulation**〔ˌsɝkjəˈleʃən〕*n.* 銷路;流通

- ☐ **column**〔ˈkɑləm〕*n.* 專欄文章
- ☐ **columnist**〔ˈkɑləmɪst〕*n.* 專欄作家
- ☐ **comics**〔ˈkɑmɪks〕*n.* 連環漫畫
- ☐ **copyright**〔ˈkɑpɪˌraɪt〕*n.* 版權
- ☐ **correspondent**〔ˌkɔrəˈspɑndənt〕*n.* 通訊記者

☐ **coverage**〔'kʌvərɪdʒ〕*n.* 新聞報導
☐ **cover story** 封面故事
☐ **critic**〔'krɪtɪk〕*n.* 評論家
☐ **depict**〔dɪ'pɪkt〕*v.* 敘述
☐ **dialogue**〔'daɪə,lɔg〕*n.* 對話

☐ **digest**〔'daɪdʒɛst〕*n.* 摘要；期刊
☐ **excursion**〔ɪk'skɝʒən〕*n.* 離題；遠足
☐ **foreword**〔'for,wɝd〕*n.* 前言；序
☐ **freelance**〔'fri'læns〕*n.* 自由作家
☐ **heritage**〔'hɛrətɪdʒ〕*n.* 遺產

☐ **improvisation**〔,ɪmprəvaɪ'zeʃən〕*n.* 即席創作
☐ **index**〔'ɪndɛks〕*n.* 索引；標記
☐ **indite**〔ɪn'daɪt〕*v.* 創作；撰寫
☐ **informed sources** 消息靈通人士；消息來源
☐ **issue**〔'ɪʃjʊ〕*n.* 發行；(報紙、雜誌的) 期、版

☐ **journalist**〔'dʒɝnl̩ɪst〕*n.* 新聞記者
☐ **lemma**〔'lɛmə〕*n.* 主題；標題字
☐ **maiden production (work)** 處女作
☐ **manuscript**〔'mænjə,skrɪpt〕*n.* 原稿；手稿
☐ **mass media** 大眾傳播

☐ **masterpiece**〔'mæstɚ,pis〕*n.* 傑作；名著
☐ **memoirs**〔'mɛmwɑrz〕*n.* 回憶錄
☐ **news agency** 通訊社
☐ **out of print** 絕版的
☐ **playwright**〔'ple,raɪt〕*n.* 劇作家
☐ **prolific**〔prə'lɪfɪk〕*adj.* 多產的；作品多的

☐ **reproduction**〔ˌriprə'dʌkʃən〕*n.* 拷貝；複製
☐ **royalty**〔'rɔɪəltɪ〕*n.* 版稅
☐ **rumor**〔'rumə〕*n.* 謠言
☐ **scoop**〔skup〕*n.* 獨家新聞

☐ **sentiment**〔'sɛntəmənt〕*n.* 觀點；意見
☐ **shoddy**〔'ʃɑdɪ〕*n.* 便宜貨；贗品
☐ **slang**〔slæŋ〕*n.* 俚語
☐ **Taiwanese Opera** 歌仔戲

☐ **translation**〔træns'leʃən〕*n.* 翻譯
☐ **watchdog**〔'watʃˌdɔg〕*n.* 監視者（有時指媒體）
☐ **Who's Who**〔'huz'hu〕*n.* 名人錄
☐ **workshop**〔'wɜkˌʃap〕*n.* 研討會；進修會

法庭

☐ **abolish**〔ə'balɪʃ〕*v.* 廢除；禁止
☐ **accessory**〔æk'sɛsərɪ〕*n.* 同謀；共犯
☐ **accuse**〔ə'kjuz〕*v.* 控訴
☐ **accusation**〔ˌækjə'zeʃən〕*n.* 指控
☐ **acquit**〔ə'kwɪt〕*v.* 無罪釋放

☐ **adjourn**〔ə'dʒɜn〕*v.* 使延期；休（會）
☐ **admonish**〔əd'manɪʃ〕*v.* 訓誡；勸告
☐ **alimony**〔'æləˌmonɪ〕*n.* 贍養費
☐ **allege**〔ə'lɛdʒ〕*v.* 聲稱；辯解
☐ **amendment**〔ə'mɛndmənt〕*n.* 改正；修正案
☐ **amnesty**〔'æmˌnɛstɪ〕*n.* 大赦；特赦

- [ ] **appeal**〔ə'pil〕*v.* 控訴；上訴
- [ ] **appellate court** 受理上訴的法院
- [ ] **attorney**〔ə'tɜnɪ〕*n.* 律師
- [ ] **attorney general** 檢察長；首席檢察官
- [ ] **bail bond** 保釋保證書

- [ ] **barrater**〔'bærətə〕*n.* 訴訟教唆犯
- [ ] **cell**〔sɛl〕*n.* 單人牢房
- [ ] **chargeable**〔'tʃɑrdʒəbl̩〕*adj.* 可能被起訴的
- [ ] **clemency**〔'klɛmənsɪ〕*n.* 仁慈；寬容
- [ ] **clerk**〔klɜk〕*n.* 書記官

- [ ] **clink**〔klɪŋk〕*n.* 監牢；拘留所
- [ ] **clue**〔klu〕*n.* 線索
- [ ] **comprise**〔kəm'praɪz〕*v.* 包括；構成
- [ ] **compromise**〔'kɑmprə,maɪz〕*v.* 和解；妥協
- [ ] **concentration camp** 集中營

▶The criminals were **arrested** by police for selling illegal drugs.
罪犯因為販賣非法藥物而被警察逮捕。

- [ ] **condemn**〔kən'dɛm〕*v.* 宣告有罪
- [ ] **controversial**〔,kɑntrə'vɝʃəl〕*adj.* 具爭議的
- [ ] **courtroom**〔'kort,rum〕*n.* 法庭
- [ ] **court-martial**〔'kort'mɑrʃəl〕*n.* 軍法審判；軍事法庭
- [ ] **crimination**〔,krɪmə'neʃən〕*n.* 控告；責備

- [ ] **culprit**〔'kʌlprɪt〕*n.* 被控罪的人；刑事被告
- [ ] **custody**〔'kʌstədɪ〕*n.* 監禁；拘留
- [ ] **death penalty** 死刑
- [ ] **defendant**〔dɪ'fɛndənt〕*n.* 被告
- [ ] **delinquency**〔dɪ'lɪŋkwənsɪ〕*n.* 違法行為

- [ ] **delinquent**〔dɪ'lɪŋkwənt〕*adj.* 犯法的；有過失的
- [ ] **delirium**〔dɪ'lɪrɪəm〕*n.* 精神錯亂
- [ ] **deny**〔dɪ'naɪ〕*v.* 否認
- [ ] **detainment**〔dɪ'tenmənt〕*n.* 拘留；拘押
- [ ] **detention**〔dɪ'tɛnʃən〕*n.* 拘留；扣留

- [ ] **disfranchise**〔dɪs'fræntʃaɪz〕*v.* 褫奪公權
- [ ] **divorce**〔də'vors〕*v. n.* 離婚
- [ ] **eloquence**〔'ɛləkwəns〕*n.* 雄辯；口才
- [ ] **evasive**〔ɪ'vesɪv〕*adj.* 迴避的
- [ ] **evidence**〔'ɛvədəns〕*n.* 證據

- [ ] **extradite**〔'ɛkstrə,daɪt〕*v.* 引渡（逃犯）
- [ ] **fabrication**〔,fæbrɪ'keʃən〕*n.* 捏造；謊言
- [ ] **fetter**〔'fɛtɚ〕*n.* 腳鐐
- [ ] **file**〔faɪl〕*v.* 提起訴訟
- [ ] **frame-up**〔'frem,ʌp〕*n.* 陰謀詭計
- [ ] **fraudulent**〔'frɔdʒələnt〕*adj.* 詐欺的

- [ ] **fugitive**〔ˈfjudʒətɪv〕*n.* 逃犯
- [ ] **gag order** 言論禁止令【法院下令禁止任何人報導或公開評論正在審理的案子】
- [ ] **high-profile case** 備受矚目的案件
- [ ] **hostage**〔ˈhɑstɪdʒ〕*n.* 人質
- [ ] **informant**〔ɪnˈfɔrmənt〕*n.* 告密者；提供情報者

- [ ] **in jail** 坐牢
- [ ] **injunction**〔ɪnˈdʒʌŋkʃən〕*n.* 強制令
- [ ] **inquest**〔ˈɪnˌkwɛst〕*n.* 死因的審理
- [ ] **involvement**〔ɪnˈvɑlvmənt〕*n.* 牽涉；捲入
- [ ] **judge**〔dʒʌdʒ〕*n.* 法官

- [ ] **jurisdiction**〔ˌdʒʊrɪsˈdɪkʃən〕*n.* 審判權；管轄權
- [ ] **jury box** （法院的）陪審員席
- [ ] **justice**〔ˈdʒʌstɪs〕*n.* 正義；司法
- [ ] **juvenile court** 少年法庭
- [ ] **lawsuit**〔ˈlɔˌsut〕*n.* 訴訟

▶The **jury** is listening to the trial.
陪審團正在聆聽審訊。

- [ ] **life sentence** 無期徒刑
- [ ] **manacle** (ˈmænəkḷ) *n.* 束縛
- [ ] **mandatory** (ˈmændəˌtorɪ) *adj.* 強制性的
- [ ] **notary** (ˈnotərɪ) *n.* 公證人

- [ ] **occupant** (ˈɑkjəpənt) *n.* 佔據者
- [ ] **parole** (pəˈrol) *n.* 假釋
- [ ] **pass the buck to** *sb.* 推卸責任給（某人）
- [ ] **penalty** (ˈpɛnḷtɪ) *n.* 罰金；刑罰
- [ ] **perpetrate** (ˈpɝpəˌtret) *v.* 犯（罪、過失等）

- [ ] **plea** (pli) *n.* 抗辯
- [ ] **police force** 警力
- [ ] **principal** (ˈprɪnsəpḷ) *n.* 主犯
- [ ] **probation** (proˈbeʃən) *n.* 緩刑
- [ ] **procurator** (ˈprɑkjəˌretɚ) *n.* 代訴人；檢察官

- [ ] **prohibition** (ˌproəˈbɪʃən) *n.* 禁止
- [ ] **prosecute** (ˈprɑsɪˌkjut) *v.* 檢舉；告發
- [ ] **prosecution** (ˌprɑsɪˈkjuʃən) *n.* 起訴
- [ ] **prosecutor** (ˈprɑsɪˌkjutɚ) *n.* 檢查官
- [ ] **provocation** (ˌprɑvəˈkeʃən) *n.* 激怒；挑釁

- [ ] **query** (ˈkwɪrɪ) *v. n.* 盤問
- [ ] **rating** (ˈretɪŋ) *n.* 責罵；申斥
- [ ] **recover** (rɪˈkʌvɚ) *v.* 勝訴
- [ ] **registration** (ˌrɛdʒɪsˈtreʃən) *n.* 登記；註冊
- [ ] **reprimand** (ˈrɛprəˌmænd) *v. n.* 斥責
- [ ] **search warrant** 搜索狀

- [ ] **serve** *one's* **sentence** 服刑
- [ ] **severe**〔sə'vɪr〕*adj.* 苛刻的；嚴厲的
- [ ] **sue**〔su〕*v.* 控告；上訴
- [ ] **Supreme Court** 最高法院

- [ ] **surrender**〔sə'rɛndə〕*v. n.* 投降
- [ ] **surveillance**〔sə'veləns〕*n.* 監督；看守
- [ ] **suspension**〔sə'spɛnʃən〕*n.* 中止
- [ ] **take the stand** 出庭作證
- [ ] **take up the cudgels for** 極力爲～辯護

- [ ] **the gallows** 絞刑
- [ ] **threaten**〔'θrɛtn̩〕*v.* 威脅；恐嚇
- [ ] **to surrender** *oneself* **to justice** 自首
- [ ] **trial**〔'traɪəl〕*n.* 審訊
- [ ] **under surveillance** 在監督下
- [ ] **verdict**〔'vɝdɪkt〕*n.* 裁決
- [ ] **witness**〔'wɪtnɪs〕*n.* 證人

▶There are a lot of protesters holding banners in front of the **Supreme Court**.
最高法院前面有許多抗議者拿著布條。

▸▸ 4.ICRT社會新聞實況播報

　　看過實況例句與常用字彙後，相信你對社會新聞字彙已經有一定的了解，因此本章節準備了數則社會新聞稿，每篇新聞稿都將在限定秒數內播報完畢，讀者可以一邊播放 MP3，一邊測試自己的聽力與理解力，準備好了嗎？測驗開始！

□ 字彙測驗

時間限制：14 秒

Taiwan's high-speed railway between Taipei in the north and Kaohsiung in the south will make it easier for **tourists** to arrange **routes** around the island.

➡ 在北高之間的**台灣高鐵**，將使得**觀光客**更容易規劃環島的旅行**路線**。

時間限制：15 秒

Claiming that **global warming** is among the worst **threats** ever faced by Africa, Kenya **urged** international cooperation in fighting **climate change**.

➡ 肯亞宣稱**全球暖化**是非洲所面臨過最糟糕的**威脅**，因此**主張**國際間要合作對抗**氣候變遷**。

時間限制：14 秒

Two Chinese nationals were convicted of producing and selling **illegal** copies of software and were **sentenced** to long terms in **prison**.

➡ 兩個中國僑民因製造和販賣**非法**盜版軟體而被**判處**長期**監禁**。

時間限制：17 秒

A **jetliner** with 25 people **on board crashed in flames** as it approached the Colorado Springs airport yesterday, and there were apparently no survivors, **authorities** said.

➡ **有關當局**表示，一架**載有**二十五名乘客的**噴射客機**，昨天在接近克羅拉多湧泉機場**起火失事**，而且似乎無人生還。

時間限制：22 秒

We understand the **promotion** of such a **campaign** cannot depend on government efforts alone. We hope that all smokers can be so selfless as to refrain from producing second-hand smoke which **contaminates** the environment and **jeopardizes** public health.

➡ 我們了解**提倡**這樣一個**運動**的不能單靠政府的力量。我們希望所有吸煙的人，都能有無私的心理，避免製造二手煙來**污染**環境，**危害**大眾健康。

第 6 章
ICRT體育新聞實況字彙

1. ICRT體育新聞的臨場震撼
2. ICRT體育新聞高頻率字彙－實況例句
3. ICRT體育新聞常用字彙
4. ICRT體育新聞實況播報－字彙測驗

1. ICRT體育新聞的臨場震撼

ICRT 的新聞中，以體育新聞報導最具**動感與活力**。如果碰到重要的國際性比賽，ICRT 還會延長節目時間。像是讓所有人為之瘋狂的世界盃足球賽，ICRT 不但會報導比賽結果，連**比賽經過**和**著名球員**也都會介紹。

享受動感新聞從必備字彙著手

因為運動的項目的種類繁多，而且體育字彙本身也具有專門性，所以想聽懂 ICRT 的體育報導，還是得先從必備字彙著手。

本章把體育新聞常用字彙分為**一般常用語**及**各類運動專門用語**。為了將各種運動用語的特色獨立呈現出來，在各類運動專門用語裡，我們將常見的體育項目分為十一種：田徑、游泳、足球、籃球、橄欖球、棒球、網球、桌球、高爾夫球、羽毛球、拳擊，雖然沒有包含所有的運動類型，但相信對於想聽懂 ICRT 體育新聞報導的聽眾來說，了解熱門運動相關字彙，才是當務之急。

😊 實例

☆ ICRT **體育新聞**

> Nadal **defeated** Federer in the men's **singles final**, winning the match 6-4; 6-3; 7-5 to take the championship for the second consecutive year.
>
> 　那達爾於男子**單打決賽**中**擊敗**費德勒，以六比四、六比三、七比五贏得這場比賽，蟬聯冠軍寶座。

【説明】

　　這是模擬 ICRT 報導溫布頓網球大賽所做的特別報導，內容可分為三個主要部分：**運動項目、選手、比賽結果及比數。**

　　一般而言，體育新聞使用的字彙在生活中隨處可見，但這些字彙用在描述體育競賽時，卻另有專門的解釋，如上例中的 *final*，一般作「**最後的**」解，在此引申為「**決賽**」。只要熟記這些字，你馬上就可以感受到 ICRT 體育新聞的熱情與專業。

2. ICRT體育新聞高頻率字彙

實況例句

A．B

ace〔es〕
n. 頂尖人才；佼佼者

One of the MLB teams would pay million dollars for this baseball *ace*.
有一支大聯盟球隊將付數百萬美金，簽下這位一流的棒球選手。

amateur〔'æmə,tʃʊr〕
n. 業餘者

The original field of 114 players was reduced to 69, including six *amateurs*.
最初的一百一十四位參賽者已減少至六十九位，包括六名業餘球員。

arena〔ə'rinə〕
n. 比賽場地；舞台

The government plans to build a massive *arena* in the Xinyi district. 政府計畫要在信義區建造一個大型舞台。

beat
〔bit〕*v.* 擊敗

Contrary to all expectations, New York *beat* Chicago 7-4. 與所有的預測相反，紐約隊以七比四擊敗芝加哥隊。

better〔'bɛtɚ〕
v. 改進；勝過

The runner insists that his only goal is to *better* his own personal time for the course.
這位跑者堅持他的唯一目標，就是超越自己跑完這個跑道的時間。

C · D

captain ﹝'kæptən﹞
n. 隊長

"I feel like a world champion and I'm very proud of that," the Argentine *captain* said.
阿根廷隊隊長說：「我覺得自己就像是世界冠軍，我感到非常驕傲。」
【champion﹝'tʃæmpɪən﹞ *n.* 冠軍】

capture ﹝'kæptʃɚ﹞
v. 奪得；獲得

The 32-year-old tennis player has *captured* the world championship four times.
這位三十二歲的網球選手已經奪得四次的世界冠軍頭銜。
【championship﹝'tʃæmpɪən‚ʃɪp﹞ *n.* 冠軍的地位】

challenger
﹝'tʃælɪndʒɚ﹞
n. 挑戰者

He rocked the *challenger* again in the second round.
他在第二回合再度把挑戰者打得落花流水。
【round﹝raʊnd﹞ *n.* 回合】

coach ﹝kotʃ﹞
n. 教練

Don Nelson was the *coach* of the Dallas Mavericks.
唐・尼爾森曾是達拉斯小牛隊的教練。

competition
﹝‚kɑmpə'tɪʃən﹞
n. 比賽；競賽

Spain defeated France 84-80 in Group A *competition*.
西班牙隊在 A 組比賽中以八十四比八十打敗法國隊。

come off
表現

Yao Ming *came off* impressively in the game yesterday.
姚明在昨天的比賽中的表現讓人印象深刻。

concede 〔 kən'sid 〕
v. 讓步

"It's difficult to play after you *concede* a goal within the first 10 minutes in a match of this importance," he said.

他說:「在這麼重要的比賽,如果前十分鐘讓對方近一球,那就很難打下去了。」

【goal〔 gol 〕*n.* 得分進球】

contract〔'kɑntrækt 〕
n. 合約

According to the news report, football superstar Zidane will get 6 million euros for the last year of his *contract* with Real Madrid.

根據新聞報導,足球超級明星席丹和西班牙皇家馬德里隊簽最後一年的約之後,可以獲得六百萬歐元。

【contract 也可當動詞,作「締結契約」解】

contender
〔 kən'tɛndɚ 〕*n.*
(競賽中的)競爭者

Jason David is a strong *contender* in tomorrow's race.

傑森大衛是明天比賽中強健的競爭爭奪者。

【race〔 res 〕*n.* 比賽】

dash〔 dæʃ 〕
n. 短跑

Heike ran to a wind-aided 10.80 in the 100-meter *dash*.

亥克在一百公尺短跑中,跑出了十點八秒的順風成績。

debacle〔 de'bɑkl̩ 〕
n. 慘敗

Our high school basketball team's *debacle* last night resulted from the lack of practice.

昨晚我們高中籃球代表隊慘敗的原因,是因爲缺乏練習。

defense 〔 dɪˊfɛns 〕
n. 防守

He is really good at ***defense*** and that's why he got on the team.
他很擅長防守,那也是他被選進那個球隊的原因。

duel 〔ˊduəl 〕
n. 決鬥

There will be a ***duel*** of young right-handers in the competition.
在這場比賽中,將是年輕右投手的決鬥。

E · F

eliminate
〔 ɪˊlɪməˏnet 〕
v. 淘汰

Brazil, best among 20 teams, has been ***eliminated*** from the World Cup Tourney.
在二十個隊伍中最強的巴西隊,已經從世界盃比賽中被淘汰。
【tourney 〔ˊtɝnɪ 〕*n.* 錦標賽 (= *tournament*)】

extra time
加賽時間;延長賽

The Germans almost sent the game into ***extra time***.
德國隊幾乎使得比賽延長。

extreme sport
極限運動

My brother is a fan of ***extreme sports***, and he especially enjoys surfing, skateboarding and scuba diving
我哥哥是極限運動的愛好者,而他特別喜歡衝浪、滑板運動以及潛水。

fan 〔 fæn 〕
n. 迷;狂熱者

Police charged a group of beer-bottle throwing English ***fans***.
警方控告了一群亂擲啤酒瓶的英國球迷。

favorite〔ˈfevərɪt〕
n. 被看好的隊伍或球員

The United States and Argentina, the two *favorites*, scored a triumph in the 2006 FIBA World Championship.
美國和阿根廷這兩支被看好的球隊,在二〇〇六年世界男子籃球錦標賽中贏得勝利。

first round
第一輪

The Germans scored three goals in their three *first round* matches.
德國隊在他們第一輪的三場比賽中共踢進了三分。

floor〔flor〕
v. 打敗;打倒

Hearns *floored* Spinks with a crashing right to the chin.
哈恩以一記猛烈的右鉤拳打中史賓克斯的下巴,贏得了這場比賽。
【crashing〔ˈkræʃɪŋ〕*adj.* 猛烈的】

G · H · I · L

goal〔gol〕
n. 得分進球

It became the first team ever to qualify for the final with an average of only one *goal* per game.
這是第一支以平均每場只進一球而打入決賽的球隊。

goalkeeper
〔ˈgolˌkipɚ〕
n. 守門員

The French *goalkeeper* appeared to have controlled the shot but the ball slipped away from his hands and rolled into the net. 法國隊守門員看似已經掌控了這次射門,但球卻從他手中溜掉,滾進網內。

goodwill games
友誼賽

The ***Goodwill Games*** begin Saturday with an opening ceremony in Hsinchuang Stadium. 友誼賽週六在新莊體運場舉行開幕典禮後展開。

heavyweight
〔ˊhɛvɪˌwet〕
n. 重量級拳手

The former boxer Michael Spinks is both a light heavyweight and ***heavyweight*** boxer. 前拳擊手麥克史賓克斯，同時為輕量級以及重量級選手。

inning〔ˊɪnɪŋ〕
n. 一局

Baltimore fought to a 5-5 draw with Boston in a 10-***inning*** game.
巴爾的摩在十局的比賽中，以五比五和波士頓隊打平。【draw〔drɔ〕*n.* 平手】

interval〔ˊɪntɚvḷ〕
n. 中場休息

"Any hope Belgium had was destroyed by Maradona's magic after the ***interval***," this Maradona's super fan recalled the scene.
「比利時所有的希望都在下半場被馬拉度那的神奇功夫粉碎」，馬拉度那的超級球迷回想著當時的場景。

ligament
〔ˊlɪgəmənt〕
n. 韌帶

The basketball player suffered a torn ***ligament*** in his left leg.
這位籃球選手的左腿韌帶撕裂。

M · O · P · Q

marathon
〔ˊmærəˌθɑn〕*n.* 馬拉松

A Brazilian won today's NYC ***marathon***.
一名巴西選手贏得今天的紐約馬拉松比賽。

midfield 〔'mɪd,fild 〕
n. 中場

The two teams were still testing each other with cautious play in the *midfield*.
兩支隊伍在中場附近小心翼翼踢球,他們彼此都還在試探對方。

MVP
最有價值球員
(= *most valuable player*)

Taiwan-born New York Yankees pitcher Wang Chien-Ming is the best *MVP* in every Taiwanese's heart.
台灣出生的紐約洋基隊投手王建民在每個台灣人心中,都是最有價值球員。

one-sided
〔'wʌn'saɪdɪd 〕
adj. 一面倒的

The Ukrainian boxer Vladimir Klitschko floored American Chris Byrd in a *one-sided* bout on Saturday.
烏克蘭拳擊手小克裡琴科在週日以一面倒的戰績,打敗美國拳擊手克里斯柏德。

oust 〔 aʊst 〕
v. 逐出;奪取

Becker once *ousted* Lendl and won Wimbledon.
貝克曾經擊退藍道,贏得溫布頓球賽的冠軍。

Olympics
〔 o'lɪmpɪks 〕
n. 奧林匹克運動會

The 2008 Summer *Olympics* will be held in Beijing, China.
二〇〇八年的夏季奧運將會在中國北京舉行。

penalty area
罰球區

Picking up the ball with his right foot on the edge of the *penalty area*, he swept past three bewildered defenders.
在罰球區的邊緣,他以右腳鉤起球,連閃過三個不知所措的防守者。

pentathlon
〔 pɛnˈtæθlən 〕
n. 五項運動

Along with an Olympic-style opening ceremony Saturday, competition will start in women's basketball and the men's and women's modern ***pentathlon***.
週六在奧運會式的開幕典禮後，將開始比賽女子籃球，以及男子與女子現代五項運動。
【五項運動包括：5000 公尺騎術、擊劍、手槍射擊、300 公尺自由式游泳、4000 公尺越野賽跑】

playmaker
〔ˈpleˌmekɚ 〕
n. 主控球員

LeBron James is a young ***playmaker*** for the Cleveland Cavaliers.
勒布朗・詹姆斯是克里夫蘭騎士隊裡的年輕主控球員。

playoff 〔ˈpleˌɔf 〕
n. 最後決賽階段

A South American side will have ***playoff*** with the winner of the Oceania section for the next tournament. 南美洲隊將與大洋洲的優勝隊伍在最後決賽中，爭奪進入下一個錦標賽的資格。

pro 〔 pro 〕
n. 職業選手

ROC women ***pros*** have captured nine championships in Japan so far this season.
本季到目前為止，中華民國女子職業選手在日本已贏得九項冠軍。

quarterfinal
〔ˌkwɔrtɚˈfaɪnḷ 〕
n. 複賽

The Belgian drew 0-0 with Mexico in the ***quarterfinals***.
比利時隊在複賽中與墨西哥打成零比零平手。

quarterback
〔ˈkwɔrtɚˌbæk 〕
n. 四分衛

A ***quarterback*** plays an important role in the offensive lineup.
四分衛在進攻陣容中扮演很重要的角色。

R · S

rank 〔 ræŋk 〕
v. 位居

Roger Federer is ***ranked*** the world's number one male tennis player.
羅傑・費德勒是世界排名第一的男網選手。

record-tying
平紀錄的

Legendary former tennis player Martina Navratilova once gained a ***record-tying*** fifth consecutive title performance.
傳奇前網球選手娜拉提洛娃曾經蟬連五屆冠軍，追平紀錄。【consecutive〔kən'sɛkjətɪv〕*adj.* 連續的　　title〔'taɪtl̩〕*n.* 冠軍】

referee〔ˌrɛfə'ri〕
n. 裁判

Argentina ***referee*** Horacio Elizondo is the one who expelled Zidane from the World Cup final.
阿根廷裁判阿利佐多就是在世界盃決賽中，判決驅逐席丹出場的人。
【足球、籃球和拳擊賽等的裁判稱為 referee，棒球的裁判則是 umpire，屬於習慣性用法】

relay〔'rile〕
n. 接力賽跑

Runners from Korea, Japan and Taiwan will join in forming Asian teams to compete in a marathon ***relay*** in Tokyo.
韓國、日本及台灣的選手將組成亞洲隊，參加在東京舉行的馬拉松接力賽。

remarkable
〔rɪ'mɑrkəbl̩〕
adj. 非凡的；卓越的

The "moving grand wall" Yao Ming has had a ***remarkable*** performance in the NBA.
「移動的長城」姚明在美國國家籃球協會中有卓越的表現。

rookie 〔ˊrʊkɪ〕
n. 新人

Although Anthony Reyes is a *rookie* pitcher for the Louis Cardinals, his brilliant performance makes him look just like a veteran.
雖然安東尼雷斯是聖路易紅雀隊的新任投手，但他的精湛的表現使他看起來就像個老手。

rout 〔raʊt〕
v. 擊潰

Japan has *routed* the U.S. 6-2 in a baseball game.
在一場棒球賽中，日本隊以六比二擊潰美國隊。

scout 〔skaʊt〕
n. 球探；星探

There are many *scouts* in the HBL court.
在高中籃球聯賽的球場裡有許多球探。

semifinal
〔͵sɛməˊfaɪn̩〕
n. 準決賽

The Germans downed France 2-0 in the *semifinals*.
德國隊在準決賽中以二比○擊敗了法國隊。

serve 〔sɝv〕
n. 發球

The tennis player lined up two chances to break his opponent's *serve*.
這個網球選手製造兩個機會，破了對方的發球。

slugger 〔ˊslʌgɚ〕
n. 強打者

Slugger Barry Bonds declared himself a free agent on Saturday, raising the question of whether or not he will remain with the San Francisco Giants. 舊金山巨人隊的強打手邦茲在星期六宣布自己恢復為自由選手，而這引發他是否會繼續留在該隊的疑問。

sponsorship
〔ˊspɑnsɚ͵ʃɪp〕
n. 贊助

The *sponsorship* and the ticket sales are important to the sports team. 贊助與門票的銷售量對運動隊伍來說很重要。

squad〔skwɑd〕
n. 小隊;小組

The cheerleader captain cut one unobservant team member from the **squad**.
啦啦隊隊長把一名不守規則的隊員從隊裡開除。

T · U

tactics〔'tæktɪks〕
n. 戰術;策略

Man-to-man defense is a basketball **tactic**.
人盯人防守是籃球的一種戰術。
【defense〔dɪ'fɛns〕*n.* 防守】

top〔tɑp〕
v. 勝過;超越

His talent **topped** that of the other players.
他的天份比其他選手都高。

tournament
〔'tɝnəmənt〕
n. 競賽;錦標賽

Belgium, France and Germany were ranked as outsiders on the eve of the **tournament**.
比利時、法國及德國在錦標賽前夕被列爲與冠軍無緣的隊伍。
【outsider〔'aʊt'saɪdɚ〕*n.* 無獲勝機會的選手】

trounce〔traʊns〕
v. 痛懲

Chicago **trounced** Seattle 10-4 in the first round.
芝加哥隊在第一局以十比四痛宰西雅圖隊。

two-run homer
兩分全壘打

The United States won the first game, 9-6, as Willy stroked three hits, including a **two-run homer**.
美國隊以九比六贏得了第一場比賽,其中威利擊出三支安打,包括一支兩分全壘打。

umpire〔ˊʌmpaɪr〕
n.（棒球、桌球等的）
裁判

Korean baseball fans are upset over the
umpire's controversial judgment.
韓國棒球球迷對於裁判頗具爭議的判決感到苦
惱不已。

up-and-coming
精力充沛的；前途有希
望的

Michael was alone in 11th place with 149
and ***up-and-coming*** compatriot Bruce was
two further back at 151 for 14th place.
麥克自己以一百四十九桿位居第十一，他的同
胞，前途看好的布魯斯，以多出他兩桿的
一百五十一桿居於第十四位。

veteran〔ˊvɛtərən〕
n. 老手

Palmer, 22-year ***veteran***, won her first
tournament in four years.
二十二年的老手帕瑪，贏得了四年來的第一個
錦標賽冠軍。
【veteran 又作「退役或後備軍人」解】

victory〔ˊvɪktərɪ〕
n. 勝利

Taiwan scored a ***victory*** in the game.
台灣隊在比賽中贏得勝利。

weightlifter
〔ˊwetlɪftɚ〕
n. 舉重選手

A Russian ***weightlifter*** set a world record
in the jerk and snatch for the over 110
kilograms class Sunday.
俄羅斯舉重選手週日在一百一十公斤以上的等
級，創下了挺舉與抓舉的世界紀錄。
【jerk〔dʒɝk〕*n.* 挺舉　　snatch〔snætʃ〕*n.*
抓舉】

warm-up match
熱身賽

Germany was ranked at 14-1, presumably on the basis of its poor performance in *warm-up* matches.

德國隊的勝算被列爲十四比一，大概是根據其熱身賽中的差勁表現。

work out
健身

I *work out* four times a week at California Fitness.

我每週到加州健身房健身四次。

Tips

除了收聽 ICRT 體育新聞報導外，還可在熟記體育相關字彙後，收看外國運動比賽，以訓練並測試自己的聽力。

3. ICRT體育新聞常用字彙

必背名詞

- [ ] **all-rounder** 全能運動員
- [ ] **arbitrator**〔'ɑrbə,tretɚ〕*n.* 仲裁者
- [ ] **athlete**〔'æθlit〕*n.* 運動員
- [ ] **athletics**〔æθ'lɛtɪks〕*n.* 體育
- [ ] **auditorium**〔,ɔdə'torɪəm〕*n.* 觀眾席

- [ ] **barometer**〔bə'rɑmətɚ〕*n.* 反映的指標
- [ ] **bonanza**〔bo'nænzə〕*n.* 意外的幸運；致富之源
- [ ] **bookmaker**〔'bʊk,mekɚ〕*n.* 賭馬業者
- [ ] **capacity crowd** 滿座；客滿
- [ ] **champion**〔'tʃæmpɪən〕*n.* 冠軍

- [ ] **championship**〔'tʃæmpɪənʃɪp〕*n.* 優勝；冠軍的地位
- [ ] **cheerleading** 競技啦啦隊
- [ ] **citation**〔saɪ'teʃən〕*n.* 表揚
- [ ] **coach**〔kotʃ〕*n.* 教練
- [ ] **coliseum**〔,kɑlə'sɪəm〕*n.* 大型體育館；大型競技場

- [ ] **compatriot**〔kəm'petrɪət〕*n.* 同胞
- [ ] **competition**〔,kɑmpə'tɪʃən〕*n.* 比賽
- [ ] **confetti**〔kən'fɛtɪ〕*n.* 五彩碎紙（在節慶或典禮中擲撒的東西）

☐ **containment**（kən'tenmənt）*n.* 牽制；圍堵
☐ **contention**（kən'tɛnʃən）*n.* 爭奪
☐ **contest**（'kɑntɛst）*n.* 比賽
☐ **counselor**（'kaunslə）*n.* 指導員

☐ **court**（kort）*n.* 球場
☐ **crack hand** 一流好手
☐ **default**（dɪ'fɔlt）*n.* 棄權
☐ **defending champion** 衛冕冠軍
☐ **disqualification**（,dɪskwɑləfə'keʃən）*n.* 取消資格

☐ **draft**（dræft）*n.*（職業運動的）選拔選手制度
☐ **elimination game** 淘汰賽
☐ **even**（'ivən）*n.* 和局
☐ **event**（ɪ'vɛnt）*n.* 賽事
☐ **exhibition game** 表演賽

▶The **defending champion** holds the trophy
with a complacent smile after the game.
衛冕冠軍在比賽後高舉獎盃，臉上掛著滿足的微笑。

☐ **extra game** 加賽
☐ **fiasco**〔fɪ'æsko〕*n.* 慘敗
☐ **finals**〔'faɪn̩z〕*n.* 決賽
☐ **first round** 第一回合
☐ **fluke**〔fluk〕*n.* 僥倖

☐ **free agent** 自由球員
☐ **friendly competition** 友誼賽
☐ **gate**〔get〕*n.* 大門
☐ **gold (silver, bronze) medal** 金（銀、銅）牌
☐ **grandstand**〔'grænd,stænd〕*n.* 正面看台

☐ **gymnast**〔'dʒɪmnæst〕*n.* 體操選手
☐ **home team** 地主隊
☐ **horse collar** 【棒球】零分
☐ **infield**〔'ɪn,fild〕*n.* 內野
☐ **international game** 國際比賽

▶ A **gymnast** usually starts his/her training at a very young age.
一位體操選手通常在很年輕的時候就開始受訓。

☐ **invitation game** 邀請賽
☐ **jock** 〔 dʒɑk 〕 *n.* 體育選手
☐ **knockout** 〔'nɑk͵aʊt 〕 *n.* 淘汰賽
☐ **league** 〔 lig 〕 *n.* 聯盟
☐ **league game** 聯賽

☐ **medallion** 〔 mə'dæljən 〕 *n.* 大獎牌
☐ **net** 〔 nɛt 〕 *n.* 球網
☐ **news conference** 記者招待會
☐ **open game** 公開賽
☐ **opponent** 〔 ə'ponənt 〕 *n.* 對手

☐ **own goal** （通常是因爲失誤而）爲對手得分
☐ **pennant** 〔'pɛnənt 〕 *n.* 錦旗
☐ **plate** 〔 plet 〕 *n.* 獎杯
☐ **pre-sale** 預售
☐ **power ranking** 強弱排名

☐ **record breaking** 打破紀錄
☐ **removal of player** 換人
☐ **round** 〔 raʊnd 〕 *n.* 回合
☐ **round-robin tournament** 循環賽
☐ **roundup** 〔'raʊnd͵ʌp 〕 *n.* 綜合報導

☐ **runner-up** 亞軍
☐ **sacred fire** 聖火
☐ **scoreboard** 〔'skor͵bord 〕 *n.* 計分板
☐ **seed** 〔 sid 〕 *n.* 種子選手
☐ **seeded team** 種子隊

- [ ] **semifinal** 〔͵sɛmə'faɪnl̩〕 *n.* 準決賽
- [ ] **setup** 〔'sɛt͵ʌp〕 *n.* 欺騙觀衆的比賽；假比賽
- [ ] **shot** 〔ʃɑt〕 *n.* 射手
- [ ] **sleeping bag** 睡袋
- [ ] **spectator** 〔spɛk'tetɚ〕 *n.* 觀衆；目擊者

- [ ] **sports facility** 運動用具
- [ ] **sportsmanship** 〔'sportsmən͵ʃɪp〕 *n.* 運動家精神
- [ ] **stadium** 〔'stedɪəm〕 *n.* 露天運動場
- [ ] **teammate** 〔'tim͵met〕 *n.* 隊友
- [ ] **ternary** 〔't̃ɜnərɪ〕 *adj.* 第三的

- [ ] **tiebreaker** 〔'taɪ͵brekɚ〕 *n.* 因爲比數相同而舉行的延長賽
- [ ] **tie game** 和局
- [ ] **timekeeper** 〔'taɪm͵kipɚ〕 *n.* 計時員
- [ ] **title** 〔'taɪtl̩〕 *n.* 優勝；頭銜
- [ ] **titleholder** 〔'taɪtl̩͵holdɚ〕 *n.* 冠軍保持者

- [ ] **toss** 〔tɔs〕 *n.* 抛擲
- [ ] **tournament** 〔't̃ɜnəmənt〕 *n.* 錦標賽；競賽
- [ ] **track** 〔træk〕 *n.* 跑道；徑賽
- [ ] **trial match** 預賽
- [ ] **triumph** 〔'traɪəmf〕 *n.* 大勝利

- [ ] **trophy** 〔'trofɪ〕 *n.* 獎品；紀念品
- [ ] **turf** 〔t̃ɜf〕 *n.* 賽馬場
- [ ] **underdog** 〔'ʌndɚ'dɔg〕 *n.* 比賽中居劣勢者
- [ ] **upset** 〔'ʌp͵sɛt〕 *n.* 意外的敗績；逆轉
- [ ] **valiant troop** 勁旅
- [ ] **walkathon** 〔'wɔkəθɑn〕 *n.* 長程競走

- [ ] **water show** 水上表演
- [ ] **whistle** (ˈhwɪsḷ) *n.* 哨聲
- [ ] **wide margin** （分數等）高低懸殊
- [ ] **world record** 世界紀錄
- [ ] **yell** (jɛl) *n.* (啦啦隊等的) 加油歡呼聲

必背動詞

- [ ] **batter** (ˈbætɚ) *v.* 連擊；重擊
- [ ] **blast** (blæst) *v.* 射擊
- [ ] **boo** (bu) *v.* 發噓聲
- [ ] **clinch** (klɪntʃ) *v.* (拳擊手等) 用手臂鉗住對方；
       最終贏得

- [ ] **concede** (kənˈsid) *v.* 承認失敗；讓步
- [ ] **convert** (kənˈvɝt) *v.* 改變；轉換
- [ ] **count** (kaʊnt) *v.* 得分
- [ ] **counterattack** (ˌkaʊntərəˈtæk) *v.* 反擊

- [ ] **crush** (krʌʃ) *v.* 打垮
- [ ] **defeat** (dɪˈfit) *v.* 擊敗
- [ ] **defend the title** 衛冕
- [ ] **down** (daʊn) *v.* 打倒；擊敗

- [ ] **downplay** (ˈdaʊnˌple) *v.* 不予重視；輕視
- [ ] **draw** (drɔ) *v.* 平手
- [ ] **edge out** 小勝 (對手)
- [ ] **equalize** (ˈikwəlˌaɪz) *v.* 平手
- [ ] **expel** (ɪkˈspɛl) *v.* 驅逐；除名

- [ ] **foul**〔faʊl〕*v.* 犯規
- [ ] **fumble**〔'fʌmbḷ〕*v.* 漏接
- [ ] **hamper**〔'hæmpɚ〕*v.* 妨礙
- [ ] **lose**〔luz〕*v.* 輸
- [ ] **nip**〔nɪp〕*v.* 奔跑

- [ ] **outclass**〔aʊt'klæs〕*v.* 遠勝於
- [ ] **outscore**〔aʊt'skor〕*v.* 得分超過
- [ ] **overmatch**〔,ovɚ'mætʃ〕*v.* 勝過；壓倒
- [ ] **overpower**〔,ovɚ'paʊɚ〕*v.* 擊敗
- [ ] **overtake**〔,ovɚ'tek〕*v.* 追上

- [ ] **parry**〔'pærɪ〕*v.* 避開
- [ ] **pit**〔pɪt〕*v.* 使相鬥
- [ ] **protest**〔prə'tɛst〕*v.* 抗議
- [ ] **qualify**〔'kwɑlə,faɪ〕*v.* 使合格；使勝任
- [ ] **quit**〔kwɪt〕*v.* 退出

- [ ] **rain out** 因雨延期
- [ ] **represent**〔,rɛprɪ'zɛnt〕*v.* 代表
- [ ] **score**〔skor〕*v.* 得分；獲勝
- [ ] **shatter**〔'ʃætɚ〕*v.* 擊落；挫折
- [ ] **smash**〔smæʃ〕*v.* 殺球；粉碎

- [ ] **stave off** 擊退
- [ ] **stop**〔stɑp〕*v.* 打敗；擋住
- [ ] **suspend**〔sə'spɛnd〕*v.* 暫停
- [ ] **trim**〔trɪm〕*v.* 擊敗
- [ ] **trip**〔trɪp〕*v.* 犯錯誤
- [ ] **whip**〔hwɪp〕*v.* 擊敗

必背形容詞

- [ ] **collegiate** 〔 kəˈlidʒɪɪt 〕 *adj.* 社團的；大學的
- [ ] **consecutive** 〔 kənˈsɛkjətɪv 〕 *adj.* 連續的
- [ ] **dejected** 〔 dɪˈdʒɛktɪd 〕 *adj.* 失望的
- [ ] **ecstatic** 〔 ɛkˈstætɪk 〕 *adj.* 入迷的

- [ ] **haywire** 〔ˈheˌwaɪr 〕 *adj.* 興奮的；瘋狂的
- [ ] **insurmountable** 〔ˌɪnsɚˈmaʊntəbḷ 〕 *adj.* 無法超越的
- [ ] **jubilant** 〔ˈdʒubḷənt 〕 *adj.* 歡騰的；喜悅的
- [ ] **lopsided** 〔ˈlɑpˈsaɪdɪd 〕 *adj.* 一面倒的

- [ ] **low-key** 〔ˈloˈki 〕 *adj.* 低調的；輕描淡寫的
- [ ] **lucrative** 〔ˈlukrətɪv 〕 *adj.* 賺錢的
- [ ] **marvelous** 〔ˈmɑrvḷəs 〕 *adj.* 了不起；卓越的
- [ ] **out of play** 暫停比賽；(球) 出界
- [ ] **overwhelming** 〔ˌovɚˈhwɛlmɪŋ 〕 *adj.* 壓倒性的

- [ ] **prestigious** 〔 prɛsˈtɪdʒɪəs 〕 *adj.* 聲望很高的
- [ ] **rough** 〔 rʌf 〕 *adj.* 艱苦的；崎嶇的
- [ ] **shrewd** 〔 ʃrud 〕 *adj.* 敏銳的；精明的
- [ ] **stunning** 〔ˈstʌnɪŋ 〕 *adj.* 令人震驚的
- [ ] **unsportsmanlike** 〔 ʌnˈsportsmənˌlaɪk 〕 *adj.* 違反運動精神的

運動名稱

- [ ] **archery** 〔ˈɑrtʃərɪ 〕 *n.* 射箭
- [ ] **badminton** 〔ˈbædmɪntən 〕 *n.* 羽毛球
- [ ] **baseball** 〔ˈbesˌbɔl 〕 *n.* 棒球

☐ **basketball**〔'bæskɪt,bɔl〕*n.* 籃球
☐ **bicycling**〔'baɪsɪkḷɪŋ〕*n.* 騎腳踏車
☐ **billiards**〔'bɪljədz〕*n.* 撞球
☐ **bowling**〔'bolɪŋ〕*n.* 保齡球
☐ **boxing**〔'bɑksɪŋ〕*n.* 拳擊

☐ **brisk walking**　競走
☐ **broad jump**　跳遠
☐ **calisthenics**〔,kæləs'θɛnɪks〕*n.* 柔軟體操
☐ **cricket**〔'krɪkɪt〕*n.* 板球
☐ **croquet**〔kro'ke〕*n.* 槌球

☐ **diving**〔'daɪvɪŋ〕*n.* 跳水；潛水
☐ **extreme sports**　極限運動
☐ **fencing**〔'fɛnsɪŋ〕*n.* 擊劍
☐ **football**〔'fut,bɔl〕*n.* 足球【美式足球（橄欖球）則為
　　American football】
☐ **golf**〔gɔlf〕*n.* 高爾夫

☐ **gymnastics**〔dʒɪm'næstɪks〕*n.* 體操
☐ **handball**〔'hænd,bɔl〕*n.* 手球
☐ **hockey**〔'hɑkɪ〕*n.* 曲棍球
☐ **horizontal bar**　單槓
☐ **horse racing**　賽馬

☐ **ice skating**　溜冰
☐ **jogging**〔'dʒɑgɪŋ〕*n.* 慢跑
☐ **judo**〔'dʒudo〕*n.* 柔道
☐ **karate**〔kə'rɑtɪ〕*n.* 空手道
☐ **marathon**〔'mærə,θɑn〕*n.* 馬拉松賽跑

- [ ] **martial arts** 武術
- [ ] **mountaineering** 〔͵maʊntṇ'ɪrɪŋ 〕 *n.* 登山
- [ ] **polo** 〔'polo 〕 *n.* 馬球；水球
- [ ] **riding** 〔'raɪdɪŋ 〕 *n.* 騎馬

- [ ] **rowing** 〔'roɪŋ 〕 *n.* 划船
- [ ] **skiing** 〔'skiɪŋ 〕 *n.* 滑雪
- [ ] **soccer** 〔'sɑkə 〕 *n.* 足球
- [ ] **soft ball** 壘球
- [ ] **sumo** 〔'sumo 〕 *n.* 相撲

- [ ] **swimming** 〔'swɪmɪŋ 〕 *n.* 游泳
- [ ] **table tennis** 桌球
- [ ] **tennis** 〔'tɛnɪs 〕 *n.* 網球
- [ ] **track and field** 田徑比賽
- [ ] **weight lifting** 舉重

羽毛球

- [ ] **badminton court** 羽毛球場
- [ ] **double stroke** 連擊
- [ ] **mixed doubles** 男女混合雙打
- [ ] **outside** 〔'aʊt'saɪd 〕 *adj.* 出界的
- [ ] **point** 〔 pɔɪnt 〕 *n.* 分數

- [ ] **position line** 分界線
- [ ] **post** 〔 post 〕 *n.* 柱
- [ ] **racket** 〔'rækɪt 〕 *n.* 羽毛球拍
- [ ] **server** 〔'sɜvə 〕 *n.* 發球者
- [ ] **service court** 發球區

- [ ] **shuttlecock** 〔ˈʃʌtḷˌkɑk 〕 *n.* 羽毛球
- [ ] **smash** 〔 smæʃ 〕 *v.* 殺球
- [ ] **through** 〔 θru 〕 *adv.* 球穿網
- [ ] **toss serve**　投擲發球

棒球

- [ ] **barrage** 〔ˈbærɪdʒ 〕 *n.* 連續集中的安打
- [ ] **baseball field**　棒球場
- [ ] **bat** 〔 bæt 〕 *v.* 打擊
- [ ] **batter** 〔ˈbætɚ 〕 *n.* 打擊者
- [ ] **batting average**　打擊率

- [ ] **diamond** 〔ˈdaɪəmənd 〕 *n.* 棒球場;棒球場內野
- [ ] **fair territory**　界內
- [ ] **fastball** 〔ˈfæstˌbɔl 〕 *n.* 快速球
- [ ] **fielder** 〔ˈfildɚ 〕 *n.* 外野手
- [ ] **foul territory**　界外

- [ ] **four balls**　四壞球
- [ ] **homer** 〔ˈhomɚ 〕 *n.* 全壘打
- [ ] **inning** 〔ˈɪnɪŋ 〕 *n.* 局
- [ ] **infielder** 〔ˈɪnˌfildɚ 〕 *n.* 內野手
- [ ] **knuckle ball**　慢速變化球

- [ ] **MLB**　美國職棒大聯盟 (= *Major League Baseball*)
- [ ] **mound** 〔 maʊnd 〕 *n.* 投手丘
- [ ] **pitcher** 〔ˈpɪtʃɚ 〕 *n.* 投手
- [ ] **safe** 〔 sef 〕 *adj.* 安全上壘的
- [ ] **starting pitcher**　先發投手

- [ ] **steal**〔stil〕*n.* 盜壘
- [ ] **strikeout**〔'straɪk,aʊt〕*n.* 三振出局
- [ ] **relief pitcher** 救援投手
- [ ] **right-hander** 右投手
- [ ] **walk**〔wɔk〕*n. v.* 保送上壘

▶ Our starting pitcher is a **right-handed** pitcher.
我們的先發投手是一位右投手。

籃球

- [ ] **advanced guard** 前鋒；前衛
- [ ] **bank shot** 擦板球
- [ ] **basketball court** 籃球場
- [ ] **blocked shot** 吃火鍋
- [ ] **center**〔'sɛntɚ〕*n.* 中鋒

- [ ] **dribble**〔'drɪbl̩〕*n. v.* 運球
- [ ] **dummy play** 假動作
- [ ] **foul shot** 罰球（= *free throw*）
- [ ] **free-throw line** 罰球線
- [ ] **guard**〔gɑrd〕*n.* 後衛

☐ **lay-up** 帶球上籃
☐ **mark**〔 mɑrk 〕*v.* 對⋯緊迫盯人
☐ **rebound**〔 rɪ'baʊnd 〕*n.* 籃板球
☐ **round robin system** 循環制
☐ **shoot**〔 ʃut 〕*v.* 投球
☐ **slam dunk** 灌籃

▶The **lay-up** shot is a commonly used basketball technique.
帶球上籃是一項常被使用的籃球技術。

拳擊

☐ **bout**〔 baʊt 〕*n.* (尤指拳擊等的) 一場比賽；一回合
☐ **boxing ring** 拳擊場
☐ **champ**〔 tʃæmp 〕*n.* 冠軍；得勝者
☐ **floor**〔 flor 〕*v.* 打倒
☐ **knockout**〔 'nɑkˌaʊt 〕*n.* 擊倒【縮寫為 K.O.】

☐ **bantamweight** 〔ˈbæntəmˌwet 〕*n.* 最輕量級拳擊手
（選手體重在 113-118 磅）

☐ **featherweight** 〔ˈfɛðɚˌwet 〕*n.* 羽量級的選手（選手
體重在 118-126 磅）

☐ **flyweight** 〔ˈflaɪˌwet 〕*n.* 蠅量級選手（選手體重在 112
磅以下）

☐ **light heavyweight** 次重量級；重乙級（選手體重在
161-175 磅）

☐ **lightweight** 〔ˈlaɪtˈwet 〕*n.* 輕量級（選手體重在
127-135 磅）

☐ **middle weight** 〔ˈmɪdl̩ˌwet 〕*n.* 中量級（選手體重在
148-160 磅）

☐ **welterweight** 〔ˈwɛltɚˌwet 〕*n.* 輕中量級（選手體重
在 136-147 磅）

足球

☐ **dribble** 〔ˈdrɪbl̩ 〕*v.* 盤球（連續輕踢，使球前進）
☐ **football field** 足球場
☐ **free kick** 自由球
☐ **goalkeeper** 〔ˈgolˌkipɚ 〕*n.* 足球守門員
☐ **halfway line** 中線
☐ **linesman** 〔ˈlaɪnzmən 〕*n.* 邊線裁判

☐ **midfielder** 〔ˈmɪdˌfildɚ 〕*n.* 中場隊員
☐ **marching order** 驅逐離場
☐ **offside** 〔ˈɔfˈsaɪd 〕*n.* 越位
☐ **overhead kick** 倒掛金鉤（= *bicycle kick*）
☐ **penalty kick** 罰球
☐ **score a goal** 射入一球

高爾夫球

- [ ] **birdie**〔ˈbɝdɪ〕 *n.* 比標準桿少一桿
- [ ] **bogey**〔ˈbogɪ〕 *n.* 超出標準桿一桿
- [ ] **eagle**〔ˈigḷ〕 *n.* 比標準桿少兩桿
- [ ] **golfer**〔ˈgɑlfɚ〕 *n.* 高爾夫球員
- [ ] **golf course** 高爾夫球場

- [ ] **par**〔pɑr〕 *n.* 標準桿
- [ ] **pole**〔pol〕 *n.* 旗竿
- [ ] **putt**〔pʌt〕 *v.* 輕擊；推球入洞
- [ ] **tee off** 把球從球座上擊出
- [ ] **tie**〔taɪ〕 *n.* 和局；平手

美式橄欖球

- [ ] **dodging**〔ˈdɑdʒɪŋ〕 *n.* 閃躲
- [ ] **drop goal** 落踢進門
- [ ] **football player** 橄欖球選手
- [ ] **helmet**〔ˈhɛlmɪt〕 *n.* 頭盔

- [ ] **kickoff**〔ˈkɪkˌɔf〕 *n.* 開球
- [ ] **kneepad**〔ˈniˌpæd〕 *n.* 護膝
- [ ] **linebacker**〔ˈlaɪnˌbækɚ〕 *n.* 後衛球員
- [ ] **NFL**（美國）全國橄欖球聯盟（= *National Football League*）
- [ ] **quarterback**〔ˈkwɔrtɚˌbæk〕 *n.* 四分衛
- [ ] **tackle**〔ˈtækḷ〕 *n.* 擒抱（抱住並扭倒對方持球員，阻止其進攻）

- [ ] **touchdown** (ˈtʌtʃ͵daʊn) *n.* 觸地得分
- [ ] **touchline** (ˈtʌtʃ͵laɪn) *n.* 邊線
- [ ] **end zone** 達陣區

游泳

- [ ] **backstroke** (ˈbæk͵strok) *n.* 仰式
- [ ] **breaststroke** (ˈbrɛst͵strok) *n.* 蛙式
- [ ] **butterfly stroke** 蝶式
- [ ] **dive** (daɪv) *v.* 跳水
- [ ] **freestyle stroke** 自由式

- [ ] **mermaid** (ˈmɝ͵med) *n.* 女游泳選手
- [ ] **merman** (ˈmɝ͵mæn) *n.* 男游泳選手
- [ ] **strike** (straɪk) *v.* 划水
- [ ] **tread** (trɛd) *v. n.* 踩水立泳【人直立於深水中，雙腿交替上抬下踩，以保持身體不沉的游泳方法】
- [ ] **ventilation** (͵vɛntl̩ˈeʃən) *n.* 換氣

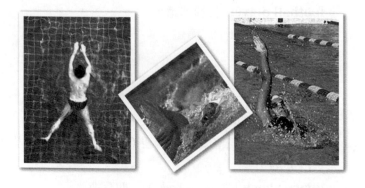

►The **freestyle stroke** is the fastest swimming style.
自由式是速度最快的游泳姿勢。

田徑

- [ ] **dash**〔dæʃ〕*n.* 短跑
- [ ] **decathlon**〔dɪ'kæθlɑn〕*n.* 十項運動
- [ ] **finish line** 終點線
- [ ] **high jump** 跳高
- [ ] **hurdle race** 障礙賽；跨欄賽

▶In track and field, the sprint **hurdle race** is 100 meters for women. 在田徑比賽中，女子短距離障礙賽的距離是一百公尺。

- [ ] **lap**〔læp〕*n.*（跑道）一圈
- [ ] **long jump** 跳遠
- [ ] **marathon race** 馬拉松賽跑
- [ ] **oval**〔'ovl̩〕*n.* 徑賽場
- [ ] **pentathlon**〔pɛn'tæθlɑn〕*n.* 五項運動

- [ ] **sprint**〔sprɪnt〕*v.* 以全速衝刺
- [ ] **terminal**〔'tɝmɪnl̩〕*n.* 終點
- [ ] **track**〔træk〕*n.* 跑道

網球

- [ ] **backhand stroke** 反手擊球
- [ ] **ball boy** 球僮
- [ ] **base line** 底線
- [ ] **forehand stroke** 正手擊球
- [ ] **grass court** 草地網球場

- [ ] **love** 〔 lʌv 〕 *n.* 零分
- [ ] **net play** 截擊；打近網球；網前打法
- [ ] **netter** 〔'nɛtɚ 〕 *n.* 網球選手
- [ ] **racket** 〔'rækɪt 〕 *n.* 網球球拍
- [ ] **seeded player** 種子球員
- [ ] **smash** 〔 smæʃ 〕 *n. v.* 扣殺
- [ ] **tennis court** 網球場

▶A forehand stroke, a smash, a backhand stoke
正手拍、扣殺、反手拍

> 桌球

- [ ] **bat**〔bæt〕*n.* 球拍
- [ ] **chop**〔tʃɑp〕*v.* 切球
- [ ] **counter**〔'kaʊntɚ〕*v. n.* 反擊
- [ ] **cut**〔kʌt〕*n. v.* 切球
- [ ] **deuce**〔djus〕*n.* 平手

- [ ] **drive**〔draɪv〕*v.* 抽擊
- [ ] **drop shot** 網前球
- [ ] **mixed doubles** 混合雙打
- [ ] **net ball** 擦網球
- [ ] **winning shot** 決勝球（ = *kill shot*）

▶**Table tennis** has gained more popularity around the world.
桌球在世界各地愈來愈受歡迎。

▸▸ 4. ICRT體育新聞實況播報

　　看過實況例句與常用字彙後，相信你對體育新聞字彙已經有一定的了解，因此本章節準備了數則體育新聞稿，每篇新聞稿都將在限定秒數內播報完畢，讀者可以一邊播放 MP3，一邊測試自己的聽力與理解力，準備好了嗎？測驗開始！

☐ 字彙測驗

時間限制：22 秒

　　Almost 40,000 **fans** passed through the turnstiles at the All England Club to watch the **championships**. At one point, the crowd was so big that the **gates** had to be closed, leaving hundreds of disappointed **fans** waiting outside.

➡ 有將近四萬名**球迷**通過全英網球俱樂部的旋轉柵門，來觀賞這場**錦標賽**。人潮一度過多，導致**大門**必須關閉，讓數百名失望的**球迷**在外面等待。

時間限制：18 秒

　　Top-seeded Roger Federer lost the **final** to **defending champion** Rafael Nadal in four sets at the French Open in 2006. Federer will now enter Wimbledon on June 26.

➡ **第一種子**羅傑・費德勒在二〇〇六年法國公開賽**決賽**的第四盤，敗給**衛冕冠軍**納達爾。他接下來將會參加在六月二十六號舉行的溫布頓球賽。

------ 時間限制：19 秒 ------

France meets Germany in Guadalajara's Jalisco **Stadium** on Wednesday, while the other **semifinal** pits Argentina against **underdog** Belgium at the Aztec stadium in Mexico City.

➡ 法國隊週三將在位於瓜達拉哈拉的傑利斯可**運動場**遇上德國隊，而另一場**準決賽**則由阿根廷隊出戰**實力較弱**的比利時隊，地點在墨西哥城的阿茲提克運動場。

------ 時間限制：13 秒 ------

The San Diego Padres **beat** the Arizona Diamondbacks on Sunday in a tense ninth **inning** final play **clinching** the National League West division title.

➡ 聖地牙哥教士隊週日的決賽在緊張的第九**局**，**擊敗**了亞利桑那響尾蛇隊，**贏得**國家聯盟的西區冠軍。

------ 時間限制：16 秒 ------

The Boston Celtics pulled ahead 89-87 thanks to Antoine Walker's **fast break lay-up**, with Houston Rocket Steve Francis answering with two **foul shots**.

➡ 波士頓賽爾提克隊以八十九比八十七贏得了比賽，而這要歸功於安東尼沃克的**快攻帶球上籃**，但休士頓火箭隊的史提夫法蘭西斯後來也回敬了兩個**罰球**。

時間限制：15 秒

The Portuguese football star Cristiano Ronaldo helped Manchester United to keep its leading position by **scoring** two second-half goals in Tuesday's game, **beating** Wigan Athletic 3-1.

➡ 葡萄牙球星 C 羅那度，在週二的比賽中，於下半場踢進兩**分**，幫助曼聯隊持續保有領先的地位，並以三比一**擊敗**維根競技隊。

時間限制：15 秒

Heavy rain Saturday forced the postponement of the third **round** play of the Japan Women's Open Golf Championship, Japan's most **prestigious** women's golf **tournament**.

➡ 週六的大雨迫使日本女子高爾夫球公開賽的第三**回合**比賽延期，這個比賽是日本**聲望**最高**的**女子高爾夫球**錦標賽**。

第 7 章
ICRT氣象報告實況字彙

1. 透視ICRT氣象報告字彙
2. ICRT氣象報告常用字彙
3. ICRT氣象報告實況播報－字彙測驗

▶▶ 1.透視ICRT氣象報告字彙

ICRT 在新聞報導之後，會以氣象報告作為結束，內容緊湊扼要，通常只有數秒鐘，氣象預報的重點，主要是**台灣地區當日或隔日的天氣概況**。在夏、秋兩季，則偶有延長時間的颱風特別報導。

實例

☆ **ICRT 氣象報告**

The weatherman said: **cloudy** with **local showers** throughout the island today, and it's 23 **degrees** right now in the south and 21 in the north.

氣象播報員說：今天全台**多雲**有**局部陣雨**；南部現在氣溫二十三**度**，北部二十一度。

【說明】

上面這一則新聞就是標準的 ICRT 台灣當天天氣預報。播報的內容主要有四個部分：

一、天氣狀態：這是氣象報導中最主要的部分，也是單字較難的一部分。常見的字彙有描述天氣晴雨變化的、描述風向及氣團的行進方向等的，這些都詳列在**氣象報告常用字彙**中。把這些字記熟，你就能聽懂變幻莫測的氣象報告。

二、消息來源：我們最常聽到的說法是 the weatherman said…，而播報員有時會特別強調消息來源為 **CWB**（the Central Weather Bureau 中央氣象局），例如發布海上或陸上颱風警報時。

三、地點方位：ICRT 的氣象播報有一個最簡單的公式：即**時間、地點、溫度**。這裡的地點，都是我們最熟悉的台灣主要城市，像是台北、台中、高雄。有時候也會像上面的實例一樣，概分為北部、中部和南部。

四、氣溫高低：這是氣象報告中最簡單，也最容易被忽略的一部分。忽略的主要原因是**播報員唸數字時，速度極快**，且有**華式**（Fahrenheit）和**攝氏**（Celsius）之分，一旦聽不清楚，就無法掌握氣溫高低，要克服這個問題，不妨在最後的「字彙測驗」裡多做練習。

😊 實例

☆ ICRT 颱風特報

The Central Weather Bureau said: a **tropical depression** over the sea east of Guam has become a **tropical storm**, **dubbed** "Peggy", and is **packing** winds of 20 meters per second while it moves towards the northwest. For the news team, I'm Bill Thissen.

中央氣象局表示：越過關島東方海面的**熱帶低氣壓**已經變成**熱帶風暴**。**名**為佩姬颱風，它**挾帶**了每秒 20 公尺的強風，向西北行進。這是新聞小組比爾‧提森的報導。

【說明】

這是一則颱風來臨前的氣象報導，通常從颱風開始形成到成為超級颱風，播報員會把整個過程分為四個階段：

Tropical depression：熱帶低壓
Tropical storm：熱帶風暴
Typhoon：颱風
Super typhoon：超級颱風

了解這四個詞彙是整個颱風報導的前提，抓住前提，再往下聽，就可以聽懂其他字彙的意思。

2.ICRT氣象報告常用字彙

☐ **air currents** 氣流
☐ **air mass** 氣團
☐ **anemometer**〔͵ænə'mɑmətə〕*n.* 風速計
☐ **approaching**〔ə'protʃɪŋ〕*adj.* 即將來到的；接近的
☐ **area**〔'ɛrɪə〕*n.* 地區

☐ **avalanche**〔'ævl͵æntʃ〕*n.* 雪崩
☐ **a weather chart** 氣象圖
☐ **basin**〔'besn̩〕*n.* 盆地；水窪
☐ **below zero** 零下
☐ **black cloud** 烏雲

☐ **blizzard**〔'blɪzəd〕*n.* 暴風雪
☐ **blow**〔blo〕*v.* 吹
☐ **breeze**〔briz〕*n.* 微風
☐ **Celsius**〔'sɛlsɪəs〕*adj.* 攝氏的
☐ **centigrade**〔'sɛntə͵gred〕*adj.* 攝氏的

▶**Blizzards** occur mostly in the northeast United States and the maritime provinces of Canada.
暴風雪通常發生在美國的東北邊以及加拿大的沿海省份。

- [ ] **channel**〔ˋtʃænḷ〕 *n.* 海峽；運河
- [ ] **chart**〔tʃɑrt〕 *n.* 圖；表
- [ ] **chill**〔tʃɪl〕 *n.* 嚴寒
- [ ] **climate**〔ˋklaɪmɪt〕 *n.* 氣候

- [ ] **cloud burst** 豪雨
- [ ] **cloud layer** 雲層
- [ ] **cloudy**〔ˋklaʊdɪ〕 *adj.* 多雲的
- [ ] **cold front** 冷鋒
- [ ] **cold snap** 寒流

- [ ] **cool**〔kul〕 *adj.* 涼快的；涼爽的
- [ ] **current**〔ˋkɝənt〕 *n.* 氣流
- [ ] **current temperature** 現在溫度
- [ ] **cyclone**〔ˋsaɪklon〕 *n.* 氣旋
- [ ] **damp**〔dæmp〕 *adj.* 潮濕的

- [ ] **density**〔ˋdɛnsətɪ〕 *n.* 密度
- [ ] **depression**〔dɪˋprɛʃən〕 *n.* 低氣壓
- [ ] **dew**〔dju〕 *n.* 露
- [ ] **drizzle**〔ˋdrɪzḷ〕 *n.* 毛毛細雨
- [ ] **drought**〔draʊt〕 *n.* 旱災

▶A serious **drought**
嚴重的旱災

- [ ] **evaporation**〔 ͵ɛvæpə'reʃən 〕*n.* 蒸發
- [ ] **Fahrenheit**〔'færən͵haɪt 〕*adj.* 華氏的
- [ ] **fair**〔 fɛr 〕*adj.* 晴朗的
- [ ] **flood**〔 flʌd 〕*n.* 洪水
- [ ] **fog**〔 fɑg 〕*n.* 霧

- [ ] **freezing**〔'frizɪŋ 〕*adj.* 極冷的
- [ ] **front**〔 frʌnt 〕*n.* 鋒面
- [ ] **gain force**　威力增強
- [ ] **gust**〔 gʌst 〕*n.* 一陣風；陣雨
- [ ] **hailstorm**〔'hel͵stɔrm 〕*n.* 雹暴

- [ ] **haze**〔 hez 〕*n.* 靄；薄霧
- [ ] **head**〔 hɛd 〕*v.* (風勢) 朝某方向走
- [ ] **heat wave**　熱浪
- [ ] **heavy rain**　大雨
- [ ] **high**〔 haɪ 〕*n.* 最高溫度

- [ ] **high pressure**　高氣壓
- [ ] **hit**〔 hɪt 〕*v.* 打擊；到達
- [ ] **humid**〔'hjumɪd 〕*adj.* 潮濕的
- [ ] **humidity**〔 hju'mɪdətɪ 〕*n.* 溼度
- [ ] **hurricane**〔'hɜɪ͵ken 〕*n.* 颶風

- [ ] **hygrometer**〔 haɪ'grɑmətɚ 〕*n.* 溼度計
- [ ] **intensity**〔 ɪn'tɛnsətɪ 〕*n.* 強度
- [ ] **land warning**　陸上警報
- [ ] **latitude**〔'lætə͵tjud 〕*n.* 緯度
- [ ] **lightening**〔'laɪtn̩ɪŋ 〕*n.* 閃電

- [ ] **local shower** 局部陣雨
- [ ] **location** (loˈkeʃən) *n.* 位置
- [ ] **longitude** (ˈlɑndʒəˌtjud) *n.* 經度
- [ ] **low pressure** 低氣壓
- [ ] **measurement** (ˈmɛʒəmənt) *n.* 測量

- [ ] **medium typhoon** 中度颱風
- [ ] **mercury** (ˈmɝkjərɪ) *n.* 水銀
- [ ] **mist** (mɪst) *n.* 薄霧
- [ ] **moderate** (ˈmɑdərɪt) *adj.* 適度的
- [ ] **monsoon** (mɑnˈsun) *n.* 雨季

- [ ] **nimbus** (ˈnɪmbəs) *n.* 雨雲
- [ ] **nippy** (ˈnɪpɪ) *adj.* 刺骨的
- [ ] **occasional shower** 偶雨；驟雨
- [ ] **occur** (əˈkɝ) *v.* 發生
- [ ] **oceanic** (ˌoʃɪˈænɪk) *adj.* 海洋性的

- [ ] **overcast** (ˈovəˌkæst) *adj.* 多雲的；陰暗的
- [ ] **partly cloudy** 局部多雲
- [ ] **precaution** (prɪˈkɔʃən) *n.* 預防
- [ ] **precipitation** (prɪˌsɪpəˈteʃən) *n.* 雨量
- [ ] **predict** (prɪˈdɪkt) *v.* 預測

- [ ] **quarter** (ˈkwɔrtə) *n.* 方位；方向
- [ ] **radius** (ˈredɪəs) *n.* 半徑
- [ ] **rainbow** (ˈrenˌbo) *n.* 彩虹
- [ ] **rainy** (ˈrenɪ) *adj.* 下雨的
- [ ] **range** (rendʒ) *n.* 範圍
- [ ] **region** (ˈridʒən) *n.* 區域

☐ **relative**〔ˈrɛlətɪv〕*adj.* 相對的；比較的
☐ **satellite**〔ˈsætḷˌaɪt〕*n.* 衛星
☐ **season**〔ˈsizn̩〕*n.* 季節
☐ **shower**〔ˈʃaʊɚ〕*n.* 陣雨
☐ **showery**〔ˈʃaʊərɪ〕*adj.* 多陣雨的

☐ **sleet**〔slit〕*n.* 凍雨；雨夾雪
☐ **small typhoon** 輕度颱風
☐ **smog**〔smɑg〕*n.* 煙霧
☐ **snow**〔sno〕*n.* 雪
☐ **squall**〔skwɔl〕*n.* 暴風雨

☐ **stationary**〔ˈsteʃənˌɛrɪ〕*adj.* 固定的；不動的
☐ **steady**〔ˈstɛdɪ〕*adj.* 穩定的
☐ **storm**〔stɔrm〕*n.* 風暴；暴風雨
☐ **stratus**〔ˈstretəs〕*n.* 層雲
☐ **subtropics**〔sʌbˈtrɑpɪks〕*n.* 亞熱帶

☐ **subzero**〔ˌsʌbˈzɪro〕*adj.* 零度以下的
☐ **super typhoon** 超級颱風
☐ **swamp**〔swɑmp〕*v.* 溼透；淹沒
☐ **sweep**〔swip〕*v.* 掠過；掃過
☐ **swelter**〔ˈswɛltɚ〕*v. n.* 汗流浹背；熱得發昏

☐ **temperature**〔ˈtɛmprətʃɚ〕*n.* 溫度
☐ **temporary**〔ˈtɛmpəˌrɛrɪ〕*adj.* 暫時的
☐ **thermometer**〔θəˈmɑmətɚ〕*n.* 溫度計
☐ **thunder**〔ˈθʌndɚ〕*n.* 雷
☐ **thundershower**〔ˈθʌndɚˌʃaʊɚ〕*n.* 雷陣雨
☐ **thunderstorm**〔ˈθʌndɚˌstɔrm〕*n.* 大雷雨

☐ **toasty**〔'tostɪ 〕*adj.* 暖和舒適的

☐ **tornado**〔 tɔr'nedo 〕*n.* 龍捲風

☐ **tornado warning** 龍捲風警報【表示龍捲風已經形
成，而且正朝著你的區域行進，必須立刻前往安全地點】

☐ **tornado watch** 龍捲風注意【表示在該地區可能發生
龍捲風】

☐ **torrential rain** 豪雨

☐ **tropical**〔'trɑpɪkḷ 〕*adj.* 熱帶的

☐ **tropical cyclone** 熱帶氣旋【也就是台灣的颱風，視
區域會有不同名稱】

☐ **twister**〔'twɪstɚ 〕*n.* 龍捲風；旋風

☐ **uncertainty**〔 ʌn'sɝtṇtɪ 〕*n.* 不定；易變

☐ **UV Index** 紫外線指數

☐ **vapor**〔'vepɚ 〕*n.* 水蒸氣

☐ **warm front** 暖鋒

☐ **weathercock**〔'wɛðɚˌkɑk 〕*n.* 風向標

☐ **weather forecast** 氣象預報

☐ **weatherman**〔'wɛðɚˌmæn 〕*n.* 氣象人員

▶A **weatherman** is presenting the
weather forecast.
氣象先生正在報告氣象。

☐ **weather report** 氣象預報

☐ **wetness**〔'wɛtnɪs 〕*n.* 潮濕

☐ **whirlwind**〔'hwɝlˌwɪnd 〕*n.* 旋風

☐ **wind**〔 wɪnd 〕*n.* 風

☐ **windy**〔'wɪndɪ 〕*adj.* 多風的

→→ 3.ICRT氣象報告實況播報

　　看過常用字彙後，相信你對氣象報告字彙已經有一定的了解，因此本章節準備了數則氣象報告新聞稿，每篇新聞稿都將在限定秒數內播報完畢，讀者可以一邊播放 MP3，一邊測試自己的聽力與理解力，準備好了嗎？測驗開始！

□ 字彙測驗

時間限制：14 秒

　　Ships sailing east of Taiwan and in the Bashi **Channel** are advised to take **precautions** against strong winds as Owen is **gathering strength**.

➡ 歐文颱風威力正在**增強**中，航行在台灣東部以及巴士**海峽**的船隻應當**小心防範**強風。

時間限制：18 秒

　　The Central Weather Bureau warned yesterday that strong **air currents** from the southwest are expected to **sweep** Taiwan following **Typhoon** Nancy and will bring **heavy rains** here in the coming few days.

➡ **中央氣象局**昨天發佈警告，來自西南方的強大**氣流**緊接著南西**颱風**而來，預料將**橫掃**台灣，並在未來幾天內，帶來**豪雨**。

時間限制：16 秒

The Central Weather Bureau says that the weather for today will **range from fair to cloudy** in eastern Taiwan. Afternoon **showers** or **thundershowers** are expected in the rest of the island.

➡ 中央氣象局表示，台灣東部今天將是**晴到多雲**的天氣。島上其他地區午後將會出現**陣雨**或**雷陣雨**。

時間限制：15 秒

The **weatherman** said that the under influence of an **oceanic air mass** from the **tropics**, the weather is expected to be **sweltering** with some local afternoon **showers**.

➡ **氣象播報員**說：在來自熱帶地區的**海洋氣團**影響下，預計天氣將會十分**悶熱**，並有局部性的午後**陣雨**。

時間限制：17 秒

Thelma was moving in a northwesterly direction at 18 kilometers per hour. If it maintains its **current course and speed**, it will affect the weather in Taiwan the day after tomorrow.

➡ 賽洛瑪颱風以每小時十八公里的速度向西北行進。如果維持**目前的路線和速度**，後天將會影響到台灣的天氣。

時間限制：25 秒

The weather forecast for today expects mostly **fair** skies all over the island with a **high** of thirty-three **degrees** in the north; thirty-four degrees in the center, and thirty-six degrees in the south. Current **temperatures**: thirty-four degrees in the Tainan area; thirty-six degrees in Taichung, and thirty-four degrees in Taipei.

➠ 今日的天氣預報，預計全台幾乎都是**晴朗**的天氣，北部**最高氣溫**三十三**度**；中部三十四度，南部三十六度。目前**氣溫**：台南地區三十四度，台中地區三十六度，台北地區三十四度。

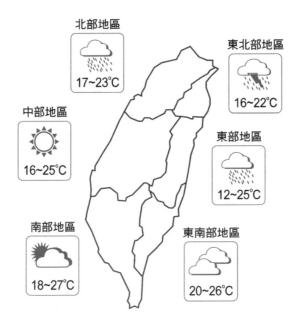

▶ 上圖爲台灣地區秋天的天氣預報圖。

CALL IN 實況

DJ : It's giveaway time. Congratulations to Julia from Taipei for winning the movie tickets. Do you want to also request a song?

DJ : 現在是贈獎時間。恭喜台北的茱莉亞贏得了電影票。妳要不要點播一首歌呢？

Caller : Thank you very much. I would like to request "All I Want for Christmas Is You" by Mariah Carey for my best friend Jenny. Today is her birthday so I want to dedicate this song to her and wish her the best of luck in 2007.

Caller : 非常感謝您，我想點播瑪莉亞凱莉的「聖誕節我只要你」給我最好的朋友珍妮。今天是她的生日，所以我想把這首歌獻給她，並祝她二〇〇七年好運。

DJ : Great! It's "All I Want for Christmas Is You" coming up right away. Julia from Taipei wants to dedicate the song to her best friend Jenny. Enjoy it and I wish you all merry Christmas!

DJ : 非常好！「聖誕節我只要你」將馬上播放。台北的茱莉亞點播這首歌給她最好的朋友珍妮，希望大家好好欣賞，祝大家聖誕節快樂。

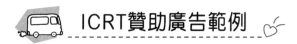

ICRT贊助廣告範例

available〔ə'veləbḷ〕*adj.* 可獲得的；有效的
authentic〔ɔ'θɛntɪk〕*adj.* 真正的
brand-new 全新的
budget〔'bʌdʒɪt〕*n.* 預算
cuisine〔kwɪ'zin〕*n.* 菜餚

detail〔'ditel〕*n.* 細節；詳細資料
log on 上網；開機
palate〔'pælɪt〕*n.* 味覺
sponsor〔'spɑnsɚ〕*n.* 贊助者；節目提供者
various〔'vɛrɪəs〕*adj.* 各式各樣的

Sponsor Advertisement

Planning a party? Let Romano's Macaroni Grill make things easier for you. It's a **brand-new** fancy restaurant in Taipei. The flavors of an **authentic** Italian **cuisine** specially prepared to tantalize your **palates**. There are **various** dishes to choose from. There is also a live band on Friday and Saturday night. For more **details**, please **log on** www.macaronigrill.com.

➡ 計畫開派對嗎？讓 Romano's Macaroni Grill 幫你忙。它是位於台北的全新精緻餐廳。精心準備的道地義大利菜，將挑逗您的味覺。您可以選擇各式各樣的菜餚。在週五及週六的夜晚還有樂團現場演唱。你可以上網到 www.macaronigrill.com 得到更多資訊。

新一代英語教科書・領先全世界

學習語言以口說為主・是全世界的趨勢

||||||||||||||●學習出版公司門市部●||||||||||||||||||

台北地區： 台北市許昌街 10 號 2 樓　TEL：(02)2331-4060・2331-9209
台中地區： 台中市綠川東街 32 號 8 樓 23 室
　　　　　TEL：(04)2223-2838

|||||||||||||||||||||||||||||||||||||||||||||||||||||

ICRT 實況字彙

主　　　編 / 劉　毅
發 行 所 / 學習出版有限公司　　　☎ (02) 2704-5525
郵 撥 帳 號 / 0512727-2 學習出版社帳戶
登 記 證 / 局版台業 2179 號
印 刷 所 / 裕強彩色印刷有限公司
台 北 門 市 / 台北市許昌街 10 號 2 F　　☎ (02) 2331-4060・2331-9209
台 中 門 市 / 台中市綠川東街 32 號 8 F 23 室　☎ (04) 2223-2838
台灣總經銷 / 紅螞蟻圖書有限公司　　☎ (02) 2795-3656
美國總經銷 / Evergreen Book Store　　☎ (818) 2813622
本公司網址　www.learnbook.com.tw
電 子 郵 件　learnbook@learnbook.com.tw

書 + MP3 一片售價：新台幣二百八十元正
2007 年 4 月 1 日初版

ISBN 978-957-519-896-1